麦克米伦世纪童书

麦克米伦世纪 全称北京麦克米伦世纪咨询服务有限公司,由全球知名国际性出版机构麦克米伦出版集团和二十一世纪出版社集团共同注资成立。

北京麦克米伦世纪咨询服务有限公司
北京市朝阳区光华路SOHO2B座1206
邮编:100020　电话:17200314824
新浪官方微博:@麦克米伦世纪出版

THE EYES OF
THE AMARYLLIS

沉船的眼睛

[美]娜塔莉·巴比特 著

吕 明 吕维宁 译

爱情，大水不能熄灭，
洪流也无法淹没

——《圣经·旧约·雅歌》8：7

引子
西沃德的警告

听好了,你们这些懒洋洋地躺在海滩上的家伙,你们以为自己看到的就是真正的大海吗?是啊,波光粼粼的大海在你们身边摇曳,沿着沙滩伸展出花边般的浪花,像是一方精致的手帕。但你们真的以为这就是大海?是那些白色浪花和婴儿脚指头一般柔润的纤巧小贝壳?是这株轻盈漂浮、状如鸵鸟羽毛的紫色羽藻?或是那个戴着亚麻草帽,一脸严肃的黄衣女孩?她正坐着用小铲子往闪亮的小锡桶里装沙子,像药剂师量药一样小心翼翼。看着她,你们喃喃地说:"可爱啊,真是可爱!"

但是,听好了,这并不是真正的大海。差不多150年前,就在这个地方,在那片嶙峋的礁石突起之处,一艘帆船沉没了。就在那里,银鸥上下盘旋的地方,看见了吗?林立的礁石,涨潮时只余窄窄一线的沙滩,和当年完全一样。但在那年的夏末,狂风呼啸,天空阴沉犹如昏暮,海中涌起大树一般高的巨浪。就在现在那群银鸥歇着晒太阳的地方,那艘船被掀上礁石,沉没了。大海整个儿吞没了它,连同它的船长、船上的货物和全部船员,就连船帆和索具都一点儿没留下来。船长的妻子站在那个小断崖上,眼睁睁看着这幕惨剧发生,束手无策。她在呼啸的狂风中尖叫,身边是她被吓呆了的儿子。那场事故甚至没有留下任何可以埋进坟墓的东西——什么都没剩下,大海带走了一切,没留下哪怕一块船板,一片帆布。

这才是真正的大海,但还不是全部。不久之后,大约三四个月后吧,一个年轻人被一个蠢姑娘伤透了心。你们也许觉得这没什么了不起,但年轻人是个艺术家,曾为那艘沉船——"孤挺花号"雕刻了船首像。船首像是按船长妻子的模样刻的,骄傲而美丽,披着一头长长的红色秀发。后来,他在一个浓雾弥漫的清晨乘上一条小船，独自摇桨而出，驶过了那艘帆船曾经驶过的地方，随后就失踪了——哦，后来有人找到了那条被冲上岸的小船，桨在船里收得好好的，一点儿水都没沾。但他没有被冲上来。人们在岸边找了他很多天，最后，他们说，他也像"孤挺花号"一样，被大海带走了。

但他没有被完全吞没。听好了，这是大海的另一面。你们只知道浑浑噩噩地躺在这里，却忘记了地球表面的四分之三都是水吗？就连那些飞翔的银鸥都比你更清楚这点。大海能够吞没船只，能像吐瓜子似的把巨鲸丢上海滩。大海能夺走它想要的一切，也能留住它夺走的一切。要是它不想给，你就什么也拿不走。听好了，不管你多大岁数、多么了不起，不管你多有权势、多么漂亮，或者多富有，大海都不会拿你当回事。你对生命的那一丝小小的眷恋，大海转瞬间就可以使之化为乌有。因为生命源于海洋，大海可以将它索回。听好了，你身体的四分之三是由水组成的，就像地球的表面。《圣经》说，你本是尘土，仍要归于尘土。或许就是如此吧……但你这尘土是漂浮在水上的，就像紫色的羽藻漂浮在波浪上，甚至你的泪水也是咸的。

你们依然充耳不闻。但如果我告诉你们，我就是那个雕刻船首像的人,那个他们说被大海带走的人呢?微风在你们耳边吹拂,带来了我的话语。但你们只是铺开柔软的毛巾,谈论着身边的俗事,把眼前的大海视为理所当然。这可太糟糕了。很久以前,有两位名字都叫吉妮娃的女人听到了我的话,而且听懂了。

1

"哦,妈妈。"大个子男人不自在地说,双手不停摆弄着自己的帽子。

"哎,乔治。"老太太回答道。她的声音有力而轻快,但在他听来却有点儿不悦。她坐在向阳窗边的扶手椅上,仰头望着自己的儿子,觉得他像个陌生人。他已到中年,脸色苍白,个子很高,只是有些驼背,穿着一身内陆生意人的衣服。她想起了他过去的模样:那个无忧无虑、头发蓬乱,光着脚在海滩上飞跑的男孩。这两个形象无疑是同一个人,不过,她爱这个男人是因为她曾经爱那个男孩。对她来说,爱那个男孩要轻松得多。

"这么说,你的脚踝骨折了?"男人说。

"看来是的。"她回答道,不耐烦地低头看看自己搁在厚垫子上的脚。她的脚鼓鼓囊囊地绑着绷带和夹板,一旁的地板上还撂着一根拐杖。"真讨厌,但别管它了。我的孙女在哪儿呢?我的同名人?"

"她到海滩去了。她……嗯,以前没见过大海,你知道的。我猜她是……想去瞧瞧吧。"

"想去瞧瞧!是啊,我猜也是这样。"老太太微微一笑。

男人深吸了一口气:"是这样的,妈妈,你知道我们一直都希望你去斯普林菲尔德和我们一起住。现在你行动不便,不能照顾自己,正好可以离开这个倒霉的地方去内陆,让我们来照料你了。"

老太太摇摇头:"乔治,我知道你是好心。可我已经在给你的信中说了,那根本不是我想要的。你不是按我们说好的那样,把吉妮娃带来了吗?我的脚踝会好起来的,等痊愈了,我还是要照老样子待在这儿。"

"我真不明白,"她的儿子终于忍不住了,"一年又一年,孤零零一个人在这里!大海没日没夜地吵闹,屋子潮湿得要命,到处都是可恶的沙子。还有这风,从来没停过!我连五分钟都受不了,可你却听了整整三十年!"

"是五十年,乔治。你忘啦,你父亲和我是五十年前搬到这里的。"

"不,我是说……"

"我知道你想说什么,"她说,"你指的是从你父亲淹死到现在有三十年了。"

男人把帽子攥得更紧了:"行啦,妈妈,别老想这个了。还是理智一点儿,跟我回去吧。马车上可以坐三个人,我们可以过后再找辆车拉走你的东西。你现在差不多瘸了,别再这么犯倔了。"

他母亲又摇了摇头:"我不需要,乔治,现在不要,还没到时候。圣诞节我还是会和以前一样去你那儿的,但别的时间我属于这里。吉妮娃可以照顾我,直到我的脚踝痊愈,然后你带她回去。"

"可是,妈妈!"

老太太蹙紧眉头看着他,眼睛流露出精光:"够了,乔治!为这事我们已经吵过一百次,我烦透了。你很久以前就逃离了这个地方,对你来说这没错,但我可不会挪动一寸,直到……"她停了下来,移开了目光,怒气好像突然消失了。她叹了口气说:"乔治,叫吉妮娃进来,然后……你就走吧,我们再这样只会让彼此难受。"

男人变得有点儿消沉,脸上浮现出痛苦的表情。他朝门口半转过脸,但目光仍没有离开母亲。她还像从前一样端庄美丽、充满活力,灰白的头发中仍夹杂着红发,腰也挺得像……桅杆一样笔直。他不情愿地想到了这个比喻,然后改成了另一个比喻:直尺。这样更安全些。

她发现他在看她,脸色变得柔和了:"乔治,亲爱的孩子,过来亲亲我吧。"

他立刻走过去,跪了下来。她搂住他,把他拉到自己身前。在那一瞬间,漫长的三十年消融了,他们仿佛又成了当年的母亲和孩子——她刚失去丈夫,他刚失去父亲。两人紧紧相拥,接着她松开手,轻轻把他推开。"告诉我,你觉得吉妮娃,嗯,会成为一个什么样的孩子?"她微笑着问。

"她和你完全一样。"他说着,坐到了自己的脚后跟上。

他的母亲吉妮娃·里德点点头,眼睛闪闪发光:"这是你的看法,乔治。好吧,带她进来,然后你就回斯普林菲尔德,让我静一静。"

大个子男人亲了亲母亲的脸颊,起身戴上帽子。走到房门口时,他小心地说:"其实我本来以为……以为你会随我离开这个地方。我受不了天天看着这里的一切,沉溺于回忆与往事,那样我会发疯的。"

"发疯?"他的母亲说,"嗯,也许我是有点儿疯了。"

"妈妈,"他朝她转过身来,脱口而出,"看在上帝的分上,留心照看吉妮。她是我们的一切,别让她……"

"把衣服挂到胡桃树上,千万别靠近水边①。"老太太摇着头唱了起来,然后不无讽刺地说,"别担心,我不会让她靠近大海的。你父亲还在的时候,你可没这么胆小。"

男人的脸绷紧了。他冷冷地说:"我三周后过来接吉妮回家。如果到那时你伤还没好,就跟我们回去住到好了为止,不管你想不想去。"

"再见,乔治,"他的母亲下了逐客令,"回家旅途愉快,我们一两个月后再见。"

"是三周,妈妈,不能再久了。"

"再见,乔治。"老吉妮娃·里德说。

---

① 当时的一首流行歌曲《妈妈,我可以去游泳吗?》中的歌词。

2

从内陆到大海的道路本身其实并无变化,但给旅人的感觉却大相径庭。开始的道路繁华而闲逸,在平畴绿野间得意扬扬地延伸,时而浓荫满地,时而夏日耀眼,一路微风轻拂。然而,随着目的地越来越近,三里、两里、一里,道路似乎变得拘谨驯服了。高大的树木退到远方,渐渐稀疏;矮小的松树出现了,参差不齐的,好似脱毛的鸟儿。道路两旁被流沙淹没,高高的野草也像树木一样稀稀拉拉、横七竖八,随着微风阵阵起伏。

这里的天空似乎更加广阔,横无际涯。旅人也许会平生第一次意识到,他们正毫无防备地在地壳上前行,最好多加小心,以免失足坠入无尽的深渊。他们也许会紧盯脚下的地面,只嗅得见空气渐渐变得凝重,带着一种陌生的潮湿味道,而顾不上去看道路和周围的一切。但实际上情况并非如此,他们的注意力会完全被另一样东西吸引住——大海。

在去奶奶家的一路上,小吉妮娃·里德被看到的一切深深地震撼了,几乎忘记了马车里还有父亲的存在。父亲久久地一言不发,任马儿放缓脚步橐橐而行。他缠着缰绳的双手握得紧紧的,指关节都发白了。吉妮注意到了父亲的异常,却顾不上多想,因为她即将生平第一次看到大海。

离开老家,住到奶奶家去,照顾受伤的奶奶,这像是大人才能做的事。吉妮已经把这事向朋友们夸耀过了,但说实话,她心里多少有点儿打鼓。尽管她每年只有在圣诞节那两周才能见到奶奶,可长久以来奶奶一直是她心目中的传奇人物。别人家的奶奶身上会根据季节的变化,散发出淀粉浆或樟脑丸的味道,把时间消磨在浇花弄草上;她的奶奶可不一样,她腰板笔直,骄傲而自信,脸上和手上都被太阳晒得黑黑的。她在跟人说话的时候,心里总像藏着什么事,比圣诞节的客套话更有意思的事。

不过,吉妮不喜欢做家务活,也不知道自己是不是当保姆的料,所以这并不是让她感到兴奋的地方。真正让人兴奋的是大海,只是她自己不愿承认这一点。真是离谱,自己可是朋友之中唯一没有去过海边的人哪,而斯普林菲尔德离海边才三十英里[①]!但父亲从不让她去海边,而且在这件事上固执得很。他自己也几乎不去海边,除非去看奶奶。

但现在,由于奶奶脚踝受伤,事情有了转机。她就要看到大海啦。为了熬过马车的剧烈颠簸,她已经用尽了一切办法。大海什么时候才会出现呢?在下一个坡后吗?来了!马车开始上坡,她屏住呼吸,静静地挺直了身体。

大西洋突然呈现在她的眼前。它是如此广阔浩瀚,远远超过了她以前的所有想象。在野草丛生的滩地外面,大海远远地伸向天边,划出一道清晰的地平线,好像要告诉她地球是圆的。刹那间,她感觉到了自己的渺小,体验到了一种从未有过的自由感。她用力吸入海风,长长地吐了一口气。她转过头看看父亲的反应,

---

① 1 英里约合 1.61 千米。

可他的脸仍像石头一样冷漠。

于是她转回了脸。随着马车越来越近,坡下的海岸线渐渐展现出了它的全貌。一个海湾显露出来,左面远方凹处的尽头是一座整洁的小镇,镇上有一座码头和几条小船。马车在一个岔路口向右转,她看见沿岸散布着房子,但再往下走,房子就越来越少、越隔越远了。最后,他们看见了一所孤零零的房子,建在海湾尽头的一个小断崖上。地面在那里逐渐陷下去,向海中突出来一块坚实而狭长的海岬。

"那是奶奶家吗?"她指着它问。

"是的。"父亲回答。

"你小时候就住在那儿?"

"对。"他简短地回答。

她心里立刻浮现出无数的问题,但显然,父亲现在不想说话。"过后我可以去问奶奶。"她想。

马车终于停在了那所房子前面。吉妮慢慢钻出车厢,眼睛望向海滩。"我可以在见奶奶前先去看看海吗?"她恳求道。

"好吧,这样也好。"父亲说,"但是吉妮,记住我告诉你的话,离海远点儿,别忘记大海是危险的。"他拿下她身上的背包,走到房前敲了敲门,然后进去了。

大海看上去并不危险。吉妮久久地凝视着退潮时的景象:海水轻轻涌来,翻卷着漫过潮湿的沙地,跳跃的浪花拍击着海滩。海草在海滩上形成了一道断断续续的界线,就像是谁潦潦草草地画出来似的。上次涨潮的时候,这些海草被海浪带上了沙滩,里面裹挟着无数小石子和碎贝壳。海草线之前的沙子是浅褐色的,又松又暖。她很想脱掉鞋袜,把脚趾伸进沙子里,但现在还不行,要等一会儿,至少等父亲走了之后。奶奶告诉过她,如果她来海边,会发现海滩上有很多好玩的事情,但只有光着脚才能尽兴。

吉妮小心地跨过海草,来到沙子变得坚实、潮湿的地方。一道淘气的浪花立刻悄悄漫上来,淹没了她的脚踝。她往后一跳,浪花轻叹着退下了,消失在下一波呈弧状涌来的轻浪里。眨眼间,新的浪花就又漫过她脚下的沙滩了,她不情愿地退回到海草后面。一道波浪,接着,一圈浪花,周而复始地重复着。她惊奇地望着大海,感到有点儿恍惚,最初产生的那种自由感现在更加强烈了。离家前被妈妈整齐地扎在脑后的秀发被吹散,几缕暗红色的头发随着微风拂过她的脸庞。突然间,她觉得自己好像听到了什么。风儿像是在低吟:"这是真的——真的。"而浪花则回答:"是的——哗——是的。"

"吉妮!"

她听到身后传来父亲的声音。她转过身,慢慢地走过沙滩,回到父亲身旁一片随风起伏的草地上。

"吉妮,瞧瞧你,一只脚已经湿透了。"他失望地说,"能答应我,待在安全的地方吗?小心一点儿,行吗?我已经告诉你尽可能远离这地方,而且,虽然我知道你差不多是个大人了,但把你留在这儿,我还是担心得要命。"

"我会小心的,爸爸。"她说。

他双手搭在女儿肩膀上,端详着她的脸。然后他放下手,耸耸肩说:"行啦,你就尽可能帮奶奶做点儿有用的事吧。她看上去一点儿都没变,真叫人吃惊。但她毕竟在一天天老去,你会明白的。你最好还是回屋去吧,她现在在等你。我三周后来接你。"

"好的,爸爸。"

他和女儿告别,上了马车。当他赶着马拐过路口时,吉妮看到他紧绷的肩膀放松下来。他回头望着她,用近乎愉快的声音喊道:"再见!"

"再见。"她回答,接着自言自语道,"他很高兴能离开呢。"望着父亲离去,她觉得自己像是被扔下了,有点儿寂寞,就像那些搁浅的贝壳。然而,她回过头,又看了看大海,那种孤寂的感觉顿时烟消云散。她觉得自己早已熟悉并爱上了这片海滩,她属于这里。在这无垠的天空下,这辽阔的大海边,她觉得自己像是回到了家。

3

"快,孩子,过来告诉我,"奶奶坐在椅子上,对刚进屋的吉妮说,"你在海滩上发现了什么特别的东西吗?"接着奶奶控制住了自己,说:"天哪,瞧我这个老太婆,连招呼都没打就唠叨个没完。"她伸开双手,让吉妮扑到她怀里拥抱致意。

"好啦,"奶奶说,"你到底还是来了!让我瞧瞧你。"她坐直身体,抱起双臂,一脸严肃地侧过头来,"你爸爸说你挺像我,我知道他觉得我脾气犟,不讲理。你呢?"

"我不知道。"吉妮笑了,"我想是吧,有时候是这样。"

"你还继承了我的红头发,"奶奶端详着她,"不过和上个圣诞节的时候比起来,你有了点儿变化。你多大了?"

"二月份就满十一岁了。"吉妮说。

"是啊,现在已经是八月中旬,"奶奶说,"这么说你十一岁半了,不再是孩子啦。不过你可别指望我不叫你孩子,我有时很难记住新近发生的事,可过去的事在我记忆里就像昨天刚刚发生一样。我十三岁那年第一次见到你爷爷。想想看!他当时二十一,非常英俊……就像一头海象那么英俊。"

"海象!"吉妮又笑了起来,"海象可算不上英俊。"

"嗯,这么说吧,个人喜好不同,"奶奶微笑道,"你爷爷是个大块头,身材魁梧,留着两撇漂亮浓密的小胡子。我可是觉得他帅极了,立刻就爱上了他。"

"在你十三岁的时候?"

"一点儿没错。"

"我谁也没爱上过,"吉妮说,"也没人爱上我。"

"会有人爱上你的,总有一天。"奶奶说。

"哦,不。"吉妮说,"我可不指望,我太丑了。"

"丑?"奶奶大声说着,假装沮丧地扬起一只手,"可是孩子,你这么像我,怎么可能丑呢?别忘了,你爷爷可就爱上我了。"

"在你十三岁的时候?"

"噢,当然不是,"奶奶说,"那是好些年后的事情了。你知道的,他是个水手,不出海的时候他会来斯普林菲尔德看望他姐姐,也就是你的姑婆,简。他注意到我是十年后了,那时我二十三,他三十一。两年后他有了自己的船,我们结了婚,搬到这个地方来住,就是这栋房子。"她满足地环视着这个整洁的房间。房间的天花板不高,只有简单的桌椅家具,壁炉架上摆满了杂七杂八的瓷器。"接下来嘛……我想想,六年后,一八三六年的春天,你爸爸出生了。他十四岁那年,'孤挺花号'……没了,在一场可怕的风暴中撞上了那里的礁石。"她侧了一下脸,示意就在她身边窗外的那片大海。她的声音十分平静,但脸上的神色却变得紧张了。她身体前倾,伸出一只手抓住吉妮的胳膊:"你刚才去海滩了?"

"是的。"吉妮说。

"看见什么没有?有什么东西?"

"嗯,"吉妮说,"有沙滩、卵石,还有一些长长的像是绳子一样的海草,还有……就是大海了。奶奶,它棒极了!它让我觉得……"

"自由!"奶奶得意扬扬地说。

"是的,一点儿不错,"吉妮惊讶地说,"你怎么知道的?"

"怎么知道的?"奶奶说,"这还用问!这种自由的感觉让我变得坚强,可你爸爸却一丁点儿也感觉不到,这不荒唐吗!对了,孩子,海滩上没什么异常吧?有什么东西被冲上来吗?"

"什么样的东西?"吉妮问,奶奶急切的神情让她感到迷惑,"你在找什么呀?"

"别在意,"奶奶转过脸去,"以后有的是时间。帮我把历书放到那张桌子上,我要查查潮汐时间,然后我们吃晚饭。对,谢谢,亲爱的。好啦,我来瞧瞧……找到了。"她的指尖划过书页,"没错的话,我想今晚十二点十五分高潮。好,很好!现在吃晚饭吧。"

"晚饭我该做什么?"吉妮紧张地问,这是她最担心的事。

谢天谢地,奶奶说:"做饭?不,根本不用!想哪儿去啦!"她弯下腰拿起拐杖,用那条好腿站了起来,腰板挺得笔直。她目光炯炯地看着孙女:"我可不是残废,我不想坐在这儿被人照顾。我来做饭。"

"可是奶奶,我本以为……"

"甭管你本来怎么想了,照我说的做。你可以摆桌子,帮我拿拿东西什么的,不过,我让你来可不是为了这个。"

吉妮拼命想掩饰自己的安心,不过奶奶仔细打量了她一会儿,还是看出来了:"你不喜欢做饭?"

"是的,"吉妮说,"不怎么喜欢。"

"我也不喜欢,"奶奶说,"只要饿不着,我们就尽量省点儿事好了。一起来吧。"

饭厅里的壁炉架上挂着一幅画,画的是一艘船。"这就是'孤挺花号',"两人坐下吃饭时,奶奶说,"是艘很大的双桅帆船,样子非常漂亮。你爷爷是船东,也是船长。他驾着它沿着缅因州到加勒比海的海岸来回航行。"

"你跟他一起出过海吗?"吉妮问。

"不,从来没有。女人在商船上不受欢迎,再说,我还得照顾你爸爸。所以我就待在这儿,哪儿也没去。不过在某种意义上说,我也一起去了。仔细瞧瞧这儿,看见那个船首像没有?过来看看。"

吉妮起身走过去,凝视着那幅画。"是个女人,"她说,"手里捧着什么花儿。"

"这是按我的模样刻的，"奶奶骄傲地说，"我手里拿的是孤挺花，一种很大的、生长在海岛上的红花。你爷爷觉得这种花很美，老说它们让他想起我，挺浪漫吧，他就是这样的人。后来他用孤挺花命名了他的船，把我的雕像安在船首。他不断想法子带那种花给我——就是孤挺花啊，可花儿总是在半路就枯死了。你想想，有时他一出海就是几个月，从那些海岛到这里的路程又很长。"

"如果他出海要这么久，你跟他在一起的时间不多吧，"吉妮回到桌边，"你不寂寞吗？"

"人总会习惯的，"奶奶说，"但到了'孤挺花号'该返航的时候，我总是到断崖上去守候。等他回到家，我们就可以欢聚了。"

"我爸爸每天总是准时回家，"吉妮说，"他的商店五点半关门。"

"我知道，听起来挺没劲的。"奶奶淡淡地说。

吉妮现在也这么觉得，简直没劲透了。不过她说："可人总会习惯的呀。"她不自觉地模仿了奶奶的口气。

"我想也是。"奶奶说。

晚餐快结束时，奶奶突然放下刀叉，她抬起头，伸手做出一个让吉妮安静下来的手势。"嘘！"她低声说，"听！你听到了吗？"

吉妮竖起耳朵，但除了风声和涛声，她什么也没听到。她疑惑地看着奶奶："什么？我该听到什么？"

"潮汐，"奶奶说，"又涨潮啦。"她茫然地望着吉妮，似乎有一瞬间忘记这屋里已经不再只有她一个人了。她很快恢复了常态，但神色变得有些异样。她好像变了一个人，仿佛内心深处有一道帷幕落下，另一道帷幕刚刚拉开。"先吃完晚饭，"她说，"我们收拾干净后去海滩。"

4

奶奶拄着拐杖,在吉妮的搀扶下,蹒跚地穿过那片随风起伏的草丛,来到了房子前方向海中伸出的断崖上。断崖临海的三面陡然陷下去,高出海滩大约四英尺[1],形成了一个小小的岬角,上面有张年深月久的长木凳。奶奶在长凳上坐下,伸出包扎着的脚踝,痛得皱起眉头。

"你不该走这么多路的。"吉妮说。

"有医生告诉我该怎么做,"奶奶满不在乎地说,

---

[1] 1英尺约合30.48厘米。

"既然我根本不听他的,为什么你觉得我会听你的?好啦,乖一点儿,坐到我旁边来吧,天马上要黑了。睡觉前我们只有一小时,我有话跟你说。"

吉妮坐下等她开口,但奶奶却没说话,她身体前倾,凝视着大海。太阳在她们身后急速下坠,阳光像落幕一般降下,露出无边无际的暗蓝色天空。一颗星星出现了,眼前墨绿色的海面流光溢彩,沿岸的沙滩被涂上了一抹余晖。

"一天中的这个时候,看上去很特别,"奶奶终于开口了,"简直像是……有光从海底照了上来。"

吉妮要靠得很近才能听到奶奶的声音,因为风大起来了,像是在对她耳语。"风就像是在说话呢,对吗?"她怯生生地说。

奶奶听到这话,转过脸仔细端详着她:"你也听到了?很好,我一直盼着你能听到呢。把你的手给我。"

奶奶的手干燥、结实、硬朗,只是被太阳晒成了棕色,手腕和指关节的皮肤都起皱了。她长长的手指握住吉妮的手,竟然在微微颤抖。吉妮低头看着奶奶的手,发现它们与妈妈那白皙柔软、肉墩墩的手完全不同。妈妈常说:"保养好自己的手非常重要,亲爱的。有教养的女人的手是不会有粗糙的指甲或皱裂的。你一定要学会怎么保养。你的手看上去……使用过度，像是男孩子的手。"现在吉妮知道了，她的手跟奶奶的一样，并且头一回为这双手感到自豪。是的，没错，自己的手更加年轻，但还是很像。

"仔细留神了，吉妮娃，"奶奶说，"没多少时间啦。如果想在半夜保持清醒，我们得马上去睡觉。"

"半夜？"吉妮问。

"没错，我们必须半夜再起来。"奶奶说。

"可是，为什么？"

"高潮就在那个时候，孩子，"奶奶说，这时她的身体绷紧了，"嘘！看那儿！"

吉妮吃惊地转头望向奶奶注视的方向，看到有个男人的身影正沿着阴影中的海滩步履沉重地走来。他低着头，没法看清脸，吉妮只能辨认出他个子很矮，有些驼背。他穿着一件质地厚重的深色短外套，双手深深插在衣服口袋里。当他走到断崖下与她们并列的地方时，他停下脚步抬头仰望。借着最后一抹暮色，吉妮看到了一张沟壑纵横、胡子拉碴的脸，还有一双沉静而警觉的眼睛。"晚上好，里德太太。"他对奶奶说，声音就像沙沙作响的执拗海风。

"晚上好，西沃德。"奶奶说，她拉着吉妮的手无意识地紧了紧。

男人站在那里看了一会儿奶奶，然后把视线转向吉妮，挑了挑眉毛，但没再说什么。他又低下头，沿着海滩慢慢离去，最后消失在昏暗的暮色中。

"这是谁？"吉妮问。

"这么说你也看见他了？"奶奶的声音中有一种明显的宽慰。

"是啊，当然看见了。"吉妮说，"你这是怎么啦？我怎么会看不见他？"

"别在意，"奶奶说，"走吧，没多少时间了。"她拉着孙女的手又一次扣紧了，"吉妮娃，好好听着。你相信那些无法解释的事吗？"

吉妮没作声，心里琢磨着。过去从没人问过她这样的问题。最后她问："像是在童话里发生的事吗？"

"不，孩子，"奶奶说，"我是说，我们平时在做的，能接触、能看见的那些事物，只是这个世界的一部分；在我们身边还有另一个世界，大部分时间你是看不见的——你想过这样的事吗？"

"这个嘛，"吉妮有点儿困惑和不安，但也很高兴奶奶能这样跟她说话，"嗯，我想是吧……没错，有时候我会这么想，特别是夜里，但这有点儿吓人。"

"啊,"奶奶说,"你还是没完全明白我的意思。对我来说这根本没什么可怕的。为什么我们无法解释的事情就必须是可怕的?"

"我不知道,"吉妮说,"但就是觉得害怕嘛。我在夜里不敢把手放到床沿外面,因为……嗯……"

"因为你怕会有东西在床底下抓住你的手!"奶奶说出了吉妮的恐惧,"我知道,谁都有过这种想法,但这只是我们的想象,吉妮娃。我说的不是这种想象的东西,我说的是……算了,不说了。我只是必须抓住这个机会,希望你能明白,毕竟你刚才确实看见西沃德了……"她的声音轻了下来,但没等吉妮开口,她又说:"到高潮的时候,孩子,我要你来这里的海滩搜寻。我已经这么干了三十年了,可上个星期我在沙滩上绊倒,把那倒霉的脚踝摔断了。现在这脚踝和该死的拐杖让我没法好好活动,干不了这个活儿啦。所以我才让你爸爸送你来,吉妮娃,我得靠你来帮我了。你一定要去搜寻,如果找到了什么,你一定得在西沃德出现之前把它带回来。"

"西沃德?就是刚才走过去的那个人?"吉妮问。

"对,他会沿着海滩走好几英里,捡海滩上的东西。"

"可他是谁啊?"

奶奶没理会这个问题。她说:"半夜我会给你一盏提灯,然后你必须出来搜寻。"

"可我要找什么呀?"吉妮叫道,"我一点儿也不明白。"

奶奶抽回了她的手,手指绞在一起。一阵久久的沉默后,她说:"三十年来,我一直在等待我的爱人给我的信物。它会来的,在某次涨潮的时候一定会来,总有一天,错不了。但一定要有人找到它。你一定要做我在海滩上的腿和眼睛。天哪,要是它来了我却不知道,那可怎么办?!不,吉妮娃,你一定要为我找到它。"

"一个信物?从我爷爷那里?噢,奶奶!"吉妮都快说不出话了,"奶奶,怎么找啊?"

"我来告诉你,"奶奶说,"你可别以为我是疯了。"天差不多黑了,可吉妮还是能看见奶奶的眼睛射出灼热的光芒,浓密的眉毛拧成了一道深沟。"我过去从没跟别人说过这个,可现在看来非说不可了。亲爱的孩子,关于'孤挺花号'和所有的沉船……我知道这好像不可能,但确实是真的,是西沃德告诉我的。一开始我也不信,可后来我看清了前因后果,就明白了。他一直在监视我——他不得不这么做,这可怜的魂灵没有别的选择,他也知道我一直在等那个信物。吉妮娃,和我同名的姑娘哪,自从'孤挺花号'沉没后,我好几个星期都一直在海滩上走。我想要找回什么东西——一个纽扣也好,一段绳索也好,任何能证明沉船确实发生过的东西都成,因为那次沉船太蹊跷了。吉妮娃,我就站在这儿,眼瞅着它一个咕嘟就没了,离岸边这么近,一下子——就没了!你知道蹊跷在哪儿吗?就好像世界上从来没有过这艘船,从来没有过我亲爱的丈夫,好像我跟他的幸福生活只是一个突然结束的梦,醒过来发现什么也没有发生。"

"可是奶奶,你不是还有我爸爸吗?他的存在就不能让你相信过去的事吗?"吉妮说。

"乔治吗?"奶奶吃惊地说,"是啊,还有乔治。可他是那样的……他没能让我释怀。于是我就去海滩找,想找到一样实实在在的信物。可是过了段时间,尼古拉斯·艾文也淹死了,同样没留下任何东西。看来大海是什么都要,却什么也不肯吐出来。"

"尼古拉斯·艾文是谁?"吉妮问。

"可怜的尼古拉斯!"奶奶说,"那么有天赋。他为'孤挺花号'雕刻了船首像,画了挂在饭厅的那幅画。他只要一支笔、一块木头,或是一团石膏就可以做出美丽的东西。大家都说他投海了。"奶奶的声音一下子变得谨慎起来,"我不知道,那是另一个故事了。不过,吉妮娃,尼古拉斯淹死后不久的一个晚上,我在海滩上遇见了西沃德。他告诉了我许多事情,最后我明白了……我知道会有一个信物给我,要得到它我就必须等待和留意。"

"你的意思是说,爷爷的船沉在什么地方了,船上一定会有东西被冲上岸来?"吉妮问。

"不,吉妮。"奶奶的眼睛再次射出灼热的光,"我是说一定会有某个他给我的信物,不是巧合,而是刻意的。沉船和它的船员在海底守卫着宝藏。所有淹死的水手都在那里,吉妮娃,所有淹死的水手——可怜的人们,在海底驾驶着他们的船,永不停息。"

5

　　在楼上父亲原来住的房间里,吉妮靠在那张大大的四柱床上,眨巴着眼睛。在这个陌生的新环境里,她有点儿迷失了自己。在过去,她常把自己想象成某个虚构故事里的角色,但现在,她却仿佛正在亲身经历一个新的故事——奶奶的故事,和以前完全不一样的故事。在海滩上,奶奶跟她说话的方式就像是两个女人之间的对话,而不是奶奶和孙女。奶奶认为她能理解。

　　但爸爸会怎么说呢?他曾经说奶奶越来越老了,还说吉妮会"明白"。那么他知不知道奶奶在等待信物呢?不知怎么的,吉妮认为他不知道。她突然害怕起来，要是爸爸知道这事，准会以为奶奶疯了。他本来就不想让吉妮来这儿，要是他知道奶奶在等待什么信物，也许就不会让她来了。爸爸会不会亲自过来把奶奶带走？可又能带去哪儿呢？

在斯普林菲尔德，有幢四四方方的黄砖大房子，坐落在一个一棵树也没有的院子里，周围围着铁栅栏。房子上有一排排窄窄的窗户，空洞，寂静，有些还钉着铁条。想到那幢房子，吉妮打了个寒战。她和朋友们放学回家，常常有意绕远路经过这幢房子，想用那种既希望看到又着实害怕的景象吓唬自己。那房子是座疯人院。如果爸爸认为奶奶疯了，会不会把她送到那些无声的窗户后面去？不，他不会那么做，斯普林菲尔德是斯普林菲尔德，而这里是这里。

她靠在父亲曾经的床上胡思乱想，隐约可以听见涨潮的阵阵涛声，好像在提醒她注意潮汐的时间。她走到窗前，望着下面的海滩。海水是黑色的，比布满星星的夜空更黑，看上去十分浓稠，几乎像明胶一样呈固体状。但海面上的点点浪花依然闪烁着一种内在之光，与涌起的波涛看上去像是完全不同的东西，犹如黑缎裙上镶着的奇妙花边。

是的，镶花边的裙子。人们总是把大海称作"她"，而海神尼普顿却是"他"。但大海是真实的,海神不过是虚构的幻象,他的三叉戟和卷胡子其实愚蠢得可笑。细想下,三叉戟也确实够蠢的,只不过是把叉子罢了,居然被当作统治海洋的武器,一把叉子怎能平息海涛或掀起波浪呢?奶奶称大海是"它",对,这样更好。海太大了,用"他"或"她"都不合适。它对这种俗事漠不关心,它没有统治者,它统治它自己。

她打开窗户,凉爽湿润的海风涌了进来。她身后的衣柜上,烛火闪烁摇曳,照出她晃动的影子。她叹口气,关上窗,走到盥洗台前。那里有面镜子,镶着骨制的镜框和把手。她拿起镜子,凝视着自己的影子,不过,里面的人看起来跟过去没什么区别。"我很丑。"她一边想,一边端详着自己:浓密的眉毛,太浓了;窄窄的鼻梁,太窄了;苍白的皮肤,太白了,还有好多雀斑。她过去一直对自己的脸还算满意,至少脸蛋如何似乎并不那么重要。但近来她开始怀疑和难过了,脸蛋也许是至关重要的呀。而她的脸,唉,好丑,而且还会一直这样丑下去,她对此毫无办法。

"不过,我的头发还不错。"她安慰自己,"这是我身上唯一漂亮的地方。"她决定说什么也不要剪头发,一根也不行。等自己到了十六岁,就可以把头发盘起来，不再挽着脖子，而是在脑后梳一个沉甸甸的发髻，像妈妈和奶奶一样。奶奶年轻的时候头发准是这个样儿的，就是现在，她的头发中还有许多是红的。红头发可不寻常，很特别，就像奶奶这个人。

　　楼下什么地方的钟打了十下。吉妮费力地脱下皱巴巴的裙子、长筒袜、衬裙和灯笼裤，套上棉布睡袍。"爸爸小时候就睡在这张床上。"她一边想，一边爬上床。但她没法想象爸爸跟自己一般高的时候是什么样子，所以索性就不想了，舒服地蜷缩在被子底下。毕竟对她来说，爸爸始终是一个高大的、跟妈妈结了婚的成年男人，要把他当成一个剧中人，想象他也曾年轻、成长、恋爱，可太难啦。当然，爸爸和妈妈是相爱的，但他们从没像奶奶一样公开谈论这事。奶奶可是会说"你爷爷可就爱上了我"这样的话，后来在长凳上的时候还用一种特别的声音说："三十年来，我一直在等待我的爱人给我的信物。""爱人"，吉妮的爸爸和妈妈从来就没那样称呼过对方。吉妮躺在床上注视着烛光，突然决定为奶奶做任何事，不管她要自己做什么。很快，在大海乐曲般起伏的涛声中，她睡着了。

　　奶奶叫醒她的时候，她好像只是刚打了个盹儿。

"吉妮娃！起来！高潮到啦。"她迷迷糊糊地挣扎着下了床，胡乱穿上鞋子，再费力地套上晨衣，接着下了楼。奶奶在门口等她，一手拿着提灯，一手拄着拐杖。她仍然穿着白天的衣服。吉妮不由得问："奶奶！你一直没睡啊？"

"我在客厅的椅子上睡了一会儿，"奶奶说，"来吧，快点儿，你得去海滩了。"

屋外的涛声震耳欲聋。在一片昏暗中，吉妮只看见高高的波浪汹涌而来，猛烈地拍击着海岸，大地都仿佛在颤抖。海浪反复冲刷着海滩，喷溅出雪白的泡沫，几乎快漫到断崖脚下了，海滩只余下一道细细的、又冷又湿的沙径。

之前的大海还是温柔可爱的，但现在却是如此黑暗，如此壮阔，如此可怕。吉妮不由心生疑惧，奶奶却根本没注意，坚定地朝长凳的方向走去。"快点儿！"她催促道，声音压过了风浪的咆哮，"往那儿！沿着潮水线走！快，在西沃德来之前！搜寻浪花打到的所有地方，要是找到什么，赶快拿回来，不管是什么都好！"

吉妮拿着提灯，一步步滑下断崖，向海滩走去。潮水缠住了她的双脚，想使劲儿把她拖向大海，她不由停下脚步，突然觉得害怕极了。但紧接着，风声在她耳边响起,不同于震耳欲聋的涛声,更像是在对她轻声絮语一样。这意料之外的鼓舞,帮助她驱除了恐惧。她使劲儿冲出了浪花的包围,鞋子很快就泡软了,睡袍和晨衣也全部湿透,紧紧地裹在她腿上。她高举手中的提灯,提灯摇摇晃晃的,在沙地上照出一圈金色的光晕。她顾不上去在意水有多冷,浪有多急,脚边缠了多少贝壳碎片和海草,只感到自由和狂喜。斯普林菲尔德算什么?马车、学校和小心谨慎的规矩又算什么?奶奶可不会要她"小心",因为奶奶才不害怕。她、奶奶、荒野、黑夜、激浪、狂风,所有这些都成了一体。她沿着海滩来回巡视,十几次经过断崖,仔细搜寻着潮水送上来的一切。现在,她竭力要自己相信,一定会有信物,为了奶奶,一定要找到它。

但——什么也没有。终于,她疲惫而失望地回到断崖处,站在那里冻得浑身发抖。"没有,奶奶,什么也没有。"

"好吧,"奶奶说,"现在潮水退了,你还是回屋睡觉吧。"

回到屋里,奶奶停下来看着她。吉妮发现,奶奶又变回昨天下午那个平常的样子了。"哎,我的天,孩子,你的衣服都湿透啦!还有那鞋——你还穿着干吗?

好吧,你应该没发觉,我真傻。快去擦干身子。你还有睡衣吗?赶紧换上,我这就去生火煮茶。"

吉妮上了楼,草草地把湿漉漉的衣服扔进盥洗台上的洗脸盆,擦干身体。暖和起来后,她裹着毛巾拿起镜子的骨制把手,再一次仔细端详着自己的脸。苍白的脸现在泛出了玫瑰红,浓眉下那双凝视着自己的眼睛闪闪发亮。"奶奶没疯,"她对自己的这个模样感到安心,"她只是——嗯,怎么说呢,心里总想着大海吧。我现在也有这种感觉了。一切都变得不一样啦,我也变了。噢,我真想自己能永远这样!"

6

第二天早晨,吉妮一醒来,就立刻跑到窗前。潮水退了,大海笑盈盈地在远处安卧,一如昨天下午的光景。在清晨的阳光下,海面闪耀着无数细碎的、令人目眩的波光。那无比遥远的地平线,还有那柔和的微风,都令她着迷。这是一个美人鱼式的早晨——坐在礁石上梳理她红色的长发。她深醉在自己的幻想中,那种自由的感觉比以往任何时候都更加强烈了。哈!昨夜她在海滩独行,当时大浪滔天,但没人说"不行",也没人说"那太危险了"。真棒!因为奶奶理所当然地认为,她可以照顾好自己。吉妮突然觉得,她在海边的时候，比在斯普林菲尔德时要厉害得多。

但"孤挺花号"和信物是怎么回事？海滩上的那个男人是怎么回事？没关系，虽然那是她所不能理解的东西，但在这个早晨，它们都显得无足轻重。奶奶知道，这就够啦。现在奶奶需要她去找什么，行，她就去找。如果在斯普林菲尔德，要她半夜起床去干这种差事真是太不可思议啦，但这里不是斯普林菲尔德，这是另一个地方，是奶奶的家。

她新的生活规律就这样固定了下来，在斯普林菲尔德的记忆仿佛变成了模糊的影像。她渐渐觉得自己好像一直在海边生活，一直在守候着潮汐的更替。她是星期六下午来到这里的，到了星期天，她便光着脚在海滩上、在家里自由自在地奔跑，就和许多年前她的父亲一样。初到的这几天，阳光明媚，天气炎热，绿色的大海笑靥迎人。她常常去捡贝壳，有次她捡到了一只鲜活的蛤蜊，养在了装有海水和沙子的桶里。那只蛤蜊会不时喷水，就像眼小间歇泉。足足过了一天，吉妮才把它扔回海里去。

潮汐按部就班地，每天都会推迟一点儿到来。于是，到了下个星期四，她跟奶奶出去的时间就是后半夜和接近黄昏的时候了。大海看上去喜怒无常，有时候风高浪急,有时则波澜不惊。但她从未发现有任何东西被冲上岸——除了海草和砾石,什么也没有。很快,搜寻工作似乎成了她和大海玩的一种游戏。她和奶奶每天去海滩两次,带着听天由命的心情,像一根针一样,在相信和怀疑这两块磁铁之间来回晃动。但不管怎样,是否相信与是否去做无关。到了星期四她们准备出去搜寻的时候,夜空已将破晓,白昼的潮水在阳光下温暖地泛起泡沫。大海现在心平气和,就像一个玩伴,一点儿也不神秘。

在等候下一次涨潮的时间里,她就和奶奶聊天。奶奶领着她在屋内转悠,翻遍了抽屉、箱子和柜子,给她看每样东西。屋里藏着的宝贝可真不少:柔软的棉铃,产自安提瓜;易碎的红色缅因龙虾螯;一个很大、很粗糙的,从波多黎各带回来的贝壳,里面亮闪闪的釉质层呈现出耳朵形状的纹理,带着粉红色的瓷器般雅致的光泽;用椴木雕成的小猪,是从海地带回来的;一块来自特立尼达的花哨的布料;从纽约带来的印有马丁·范布伦[①]画像的鼻烟盒,看上去是个选举活动的纪念品。每件宝贝都能引出奶奶的一段故事,这让吉

---

① 美国第 8 任总统。

妮的想象中充满了浓烈的异国色彩和加勒比海慵懒的阳光，回荡着北美各个港口繁乱的喧闹声。

有个箱子里藏着小巧的铁皮喇叭和木雕大炮，那是吉妮的父亲小时候的玩具。她仔细端详着，欣喜地发现喇叭居然还能吹出笛子般的响声。但奶奶没有说这两件宝贝的故事，只是说："乔治小时候可活泼了，对大海爱得要命呢！"

"可现在他不喜欢海了，"吉妮说，"这是为什么呢，奶奶？"

奶奶的脸蒙上了一层阴影："'孤挺花号'沉没那天，他就在我身边。他非常崇拜自己的父亲，我觉得他始终接受不了这个事实。后来没过多久，他就跑到斯普林菲尔德去了，根本就没想试着理解这件事。"她把铁皮喇叭和木雕大炮放回箱子，又找出一件用纸包着的东西，"啊，瞧瞧这个，是不是很棒？"

纸包里面是一个振翅欲飞的石膏海鸥。可把它转过来看，海鸥又成了一道波浪的样子，边上还带着一圈海浪。吉妮问："这到底是一只鸟，还是……"

"真有你的，"奶奶说，"两样都是，含义很深呢。这是尼古拉斯·艾文做的，是一件更大作品的模型，他曾想用大理石刻一座这样的雕塑。可怜的尼古拉斯！

你要喜欢就拿到楼下去吧,我已经好多年没看到它了。不管怎么说,吃午饭的时间到啦。"

现在是星期五的上午,吉妮来这里的第一周快要结束了。虽然她饱经风吹日晒,却又心满意足。这里的生活比她以往的任何时光都要丰富多彩,除了偶尔会了解到一些奶奶与父亲的伤心往事之外,她过得非常愉快。但这天吃过午饭后,天开始变得阴沉,下起了毛毛雨。这里的天气总是说变就变,人的心情也变坏了。再加上一位不速之客的到访,彻底搅乱了奶奶家的宁静,就像是一滴醋落到了奶油里,这让吉妮更加心绪不宁。

听到敲门声,吉妮去开门,吃惊地发现不是通常来的送鸡蛋的人或菜贩子,而是一位衣着非常时髦的女人。她穿着精心剪裁的黑色罗纹丝绸套装,衣褶繁复的裙子裹住臀部,下摆露出了黄色的百褶衬裙,脚上穿着漂亮的黑皮靴。"哟,我说这是谁呀?"女人说,好像她才是主人,而吉妮在敲她家的门。

"我是吉妮娃·里德。"吉妮说,突然意识到自己还光着脚,穿着不整洁的棉布格子围裙,"你是要找我奶奶吗?"

"奶奶!"那女人嚷道,笑歪了脑袋。她戴着黑色的帽子,帽子上的黄色羽饰也随之乱颤。她虽然早已不再年轻,但看上去依然很漂亮。她脸圆圆的,带着酒窝,一头灰褐色的卷发拢在小巧精致的耳朵后面:"奶奶?好吧,过去那么久了啊。"

"是谁啊?"奶奶在厨房里问。

"嘿,吉妮娃,"女人收起手里的黑伞,一边走进来一边说,"你绝对猜不到的!快来看看谁来了!"

奶奶蹒跚地走进客厅,一下子愣住了:"伊莎贝尔!天哪,是伊莎贝尔·库珀,对吗?"

"对,也不对,"女人快活地说,"很久以前我就是伊莎贝尔·欧文了。你这是怎么啦,吉妮娃?把脚踝扭伤了?"

"骨折。"奶奶说,"到底是什么风把你给吹来了?"

"我们正要去格林维尔,亲爱的,可是哈利在城里还有些生意上的破事要处理,我说:'哈利,我要去看一位老朋友。'于是他就让我在这儿下了车。他没多少时间,可我一定要在上路前再见见你,吉妮娃。嘿,好像已经过了几辈子啦!"

"坐吧,伊莎贝尔。"奶奶冷淡地说,自己先在椅子上坐下了,"这是乔治的女儿,吉妮娃,和我同名。这位是……呃,欧文太太,是这么叫吧?我认识她很久了,她以前住在这镇上。"

"你好。"吉妮说,尽可能地按斯普林菲尔德的礼数行了个小小的屈膝礼。

"乔治的孩子!"女人说,"天哪,我一点儿也想象不出乔治长大后的样子。吉妮娃,她活脱儿像你,简直是一个模子刻出来的。"

"是啊,是挺像。"奶奶得意地说,"我脚伤痊愈之前,她来给我帮把手。"

"是这样的。"欧文太太说,立刻对吉妮失去了兴趣。吉妮在房间另一头坐下,观察着这位时髦的来客。"吉妮娃,你几乎没怎么变。我对你过去的模样记得可是一清二楚。嘿,这么多年了,你居然还是老样子,真是没想到。"

"一只脚已经进坟墓啦,"奶奶说,"我看你才保养得好呢。"

"是啊,不过亲爱的,我毕竟比你要年轻得多呀,要是我没记错,至少差二十五岁呢。"

"二十岁,"奶奶说,"但无所谓,我们都过了年轻的好时候啦。"

那女人略一蹙眉,接着又恢复了开朗的神色,漫不经心地说:"噢,行啦,管你是什么意思呢,我可是很清楚自己跟以前没什么两样。真是快乐啊,吉妮娃,那些过去的好时光!"

"是啊,你当年是个大美女呢。"奶奶冷冷地说。

那女人笑得露出了酒窝:"可不是,我那时确实漂亮!不过,吉妮娃,你还在这儿,我可早就出去混啦。在这个沉闷无聊的鬼地方你到底有什么乐趣?我敢说我一天都待不下去!"

"我干吗要离开?"奶奶说,"这里是我的家。"

"那当然,"欧文太太说着,立刻变得严肃了,"因为船长……对不起,你知道,我清楚你绝不可能再婚。你一直待在这里,而且如果我没记错的话,房间里一点儿也没变,自从船长……自从他……"

"对,"奶奶说,"一点儿也没改变。我干吗要改变它?我就喜欢这个样儿。"

那女人从椅子上站起身,在房间里走来走去,拿起这个瞧瞧,拿起那个看看,然后再放下。"我记得那个茶壶,"她说着,指了指壁炉架上的那件瓷器,"有一次你借给了我母亲,是我过来取的,还记得吗?我十六岁的生日聚会那天早晨,女仆打碎了我们的茶壶。天哪,想起来就像是昨天!"

"差不多四十年了,"奶奶说,"如果你说的是那天的话。"

"我不明白你干吗老盯着多少多少年说个没完,吉妮娃,这可真是个讨厌的习惯……天哪,这是什么?"她在一张靠墙的小桌前停下了——午饭前,吉妮娃把那个看起来像波浪的石膏海鸥放在了那儿,"吉妮娃,这个陈年古董到底是什么玩意儿?"

"伊莎贝尔,你是想告诉我,你完全不记得了?"奶奶讽刺地说,得意于来客突然说不出话来的窘态,"你当然记得,真不明白你干吗要费心假装自己忘记了。这是尼古拉斯·艾文的作品,你应该记得很清楚,这是他为那个雕塑做的模型。"

"尼古拉斯·艾文?噢,天哪,现在我想起来了,他可真是个好笑的家伙。是的,我想起那雕塑的事了。"

"你应该记得,"奶奶说,"别跟我玩那套小把戏了,小姐,你记得一清二楚。稍微好好想想,我就知道这就是你今天到这里来的原因——来看看你自己是否得到了原谅。我听说,愧疚的感觉可是怪难受的。"

"哼,你完全弄错了,吉妮娃,"那女人恨恨地说,"我压根没觉得自己有什么罪,不过我猜,你一直在为尼古拉斯的事怪罪我。"

"他爱你,愿上帝保佑他,"奶奶说,"你让他以为你也爱他。那个雕塑是他为你做的,可你却把它当作一个笑料,伊莎贝尔。你取笑它,伤透了他的心。"

"好吧,他看上我又不是我的错。"欧文太太说,圆圆的脸上显出一丝厌恶的表情,"我有什么办法。还有好多小伙子看上我了,可他们就没去投海。"

"尼古拉斯不是'好多小伙子',"奶奶说,"尼古拉斯与众不同。"

"我知道你是这么想的,吉妮娃,"那女人说,"可我不能嫁给所有看上我的人,喏,对不对?毕竟,尼古拉斯太……较真了。好吧,一开始我的确喜欢过他,可后来他变得实在是,嗯……太较真了。就像我说的,这个大傻瓜太可笑了,我说什么也看不出来自己跟那个蠢雕塑有什么关系。"

奶奶看上去想说什么,但又憋住了。她转过脸看看正张口结舌听着这一切的吉妮。"吉妮娃,"她说,"如果你上楼去你的房间待一会儿,我会非常感激。过会儿我会叫你下来。"

"可是,奶奶!"吉妮抗议道。但看到奶奶的眼神,她又用几乎是温顺的口吻说:"好吧。"她从客厅走到门厅,磨磨蹭蹭地上了楼,但客厅里一片沉默,直到她进了自己房间，下面的对话才重新开始。两个人说话声都很小，完全听不清说了些什么。可是过了一会儿，声音突然提高，变得可以听清了。

"听听，瓦罐居然嫌锅黑！"来客叫道，"你可真是个大好人啊，吉妮娃·里德，说什么不该让谁谁谁伤心！谁不知道在船长淹死后你是如何忽视自己孩子的！呵，你对乔治从来没有一丝一毫的关心，只想着船长，船长，永远是船长，直到……"

"出去，伊莎贝尔·库珀，"奶奶大吼，"永远也别再来！我不想再见到你！"

橐橐的脚步声到了门厅，停住了。"可是吉妮娃，外面在下雨，哈利还没到，你不会要我……"

"没错，我就要。"奶奶说，吉妮可以想象她脸上盛怒的表情，"再见，伊莎贝尔。"

大门打开，又关上了。一阵沉寂之后，奶奶沉重的拐杖声回到客厅。接下来什么声音也没了，只有屋外的雨声和涛声。吉妮坐在她父亲的床上，耳边依然回响着来客的话。"你对乔治从来没有一丝一毫的关心"，这是真的吗？突然间，她觉得那个铁皮喇叭成了世界上最悲哀的东西。喇叭那微弱的声音有机会盖过轰鸣的涛声吗？

7

吉妮再次下楼时，发现奶奶正站在椅子后面的窗前，凝视着外面的大海。吉妮努力想说点儿什么，最后终于开口道："刚才来的那个女人不怎么样。"

"对，"奶奶说，没有转过身，"她不是好人，过去也是这德行。长着一张天使的脸，即使现在还是，但别的地方一点儿也不像天使。"

"尼古拉斯·艾文真是为了她投海的吗？"吉妮问。

"大家都这么说，"奶奶说。她离开窗口，回到椅子上坐下，看起来疲惫不堪，"吉妮娃，为了爱，人什么事都干得出来。你已经长大，该明白这个了。"

两个人都沉默了。吉妮娃抚弄着自己围裙上的衣褶,好不容易才说出口:"奶奶,你爱我爸爸吗?"

"你别去理会那些鬼扯,"奶奶生硬地说,"忘掉你听到的话。伊莎贝尔那个女人是个白痴,她什么也不懂。她唯一关心的是别人怎么看自己。这种人自以为很了解世界,以为别人都跟他们一样恶毒。她根本不理解尼古拉斯,也不理解你爸爸和我。他是我的儿子,我当然爱他。我们有些地方意见不合,仅此而已,你别放在心上。"她转过脸,拿起那本历书,"五点就是高潮了,离现在还有一个小时。"她郑重地说,两眼凝视着历书,然后把它合上,放在一边,"这雨还得下一阵子,吉妮娃,你得找个东西挡雨。到楼上的次卧室去,看看那个大箱子底下,就是我们找到海鸥模型的地方。我想那里应该有件旧油布雨衣,是你爸爸在你这么大时穿过的,它还带着雨帽。"

在楼上,吉妮跪在箱子前,打开那个巨大的穹顶箱盖。铁皮喇叭和木雕大炮在一堆杂物的最上面,但吉妮没有碰它们,而是把手伸到杂物底下摸索,想找到那件雨衣。终于,她摸到了一样滑溜溜的东西,于是小心翼翼地一点儿一点儿往外抽,尽可能不弄乱上面压着的东西。但这显然是不可能的。最后,她把那件雨衣用力拽出来的时候,那件历经时间蹉跎而变得硬硬的雨衣袖子折在了一起,带出了什么东西,一个小小的方形皮盒子滚到了地板上。

她放开挂在箱沿的雨衣,捡起那个盒子,琢磨着怎么把它打开。盒子正面有个小小的金属按钮,她用力按下去。开始什么也没发生,但再一用力,里面有个栓松开了,盒盖弹起来了。盒里衬着紫色的天鹅绒,中间的凹陷处,恰到好处地放着一块薄薄的金怀表。怀表非常漂亮,比父亲店里卖的那些货色要好看多了。父亲自己带的怀表也是店里那种货色:银色但非银质的外壳,足足有大拇指那么厚。吉妮取出金表,把它翻过来看。表壳背面刻着卷曲的葡萄藤,中间有一个小方框,上面清晰地刻着一个大写字母"R"——"里德"的英文首字母。

吉妮过去常常打开父亲的表盖,看那些复杂而精密的机械是如何精巧地安装在一个简单的圆壳中的。她用指甲撬开这块金表的表盖,向里面窥探。她的目光落到了翻开的表盖内侧,看见上面也刻着字:

摩根·里德 1818

乔治·摩根·里德 1857

乔治·摩根·里德,那是她的父亲!她站起身,按上后盖,把金表小心地握在手心里,腋下夹着雨衣下了楼。"奶奶,"她走进客厅说,"瞧我找到了什么!上头有我爸爸的名字呢。"

奶奶又在研究那本历书。她抬起头来茫然地望着吉妮,像是依然沉浸在思考之中。但当吉妮把金表放到她手里时,她的眼睛发亮了。"老天爷!"她叫道,"这是你爷爷的表!"

"可上头也有爸爸的名字,"吉妮说,"瞧,在表盖内侧。"

奶奶打开表盖,凝视着刻在内侧的两个名字,"没错,现在我想起来了。你爷爷在二十一岁生日时,从他父亲手里得到了这块表,可他从未在出海时带出去过。他老是说这块表非常特别,怕丢了或者被人偷了,他要留着它……到乔治二十一岁生日时给他。他很早就刻好了名字和日期,做好了准备。"

"可是奶奶,爸爸现在早就过二十一岁了!你为什么没给他?"

"我忘了,"奶奶说,"忘得一干二净。等到那一天,你爸爸早就搬去斯普林菲尔德了。我记得给他写过一封信祝他生日快乐,但把这茬儿全忘了。"

"我觉得这块表对爸爸意义重大,"吉妮失望地说,"你不该忘的。"

"这么说你生气啦。"奶奶说,脸上又露出疲惫的神色。

"呃,我就是不能理解,"吉妮说,"你跟爸爸到底是怎么啦?"

"吉妮娃,亲爱的孩子,"奶奶说,"我不知道怎么跟你解释,也不知道自己到底该不该这样做。但是,嗯……你爸爸,他是个好人,可他就是不理解我。'孤挺花号'沉没之后,他老是对我说'这事结束了',要我搬到斯普林菲尔德去,开始新的生活。但我不想要什么新的生活,我就要现在的生活,我不相信它结束了。我想留在这里等待,因为这里……离那艘船很近。你爷爷和我之间的那种感觉绝不会就这样结束。还记得你头一天来时我说的话吗?我们身边有另一个世界,吉妮娃,它一直存在,在这里我可以离它更近些。可你爸爸……他感觉不到那个世界,他不知道一切并没有结束,如果他能明白这点,就不会那么害怕了。自从他父亲死后,他就一直怕得要命。在他眼中,大海就只是块墓地。他没法待在这里,因为这里老是会让他想起过去。所以他就逃跑了,从这样的结局中逃跑了。他那时还年轻,有人就以为我做错了什么,弄得母子分离。但我还能怎么办?他不能留在这里,而我不能离开这里。"

她停下来,手指抚摩着金表内盖的刻字:"这块表,嗯,就像是一个信物,不是吗?一个父亲给儿子的信物。表上的数字象征了永不停息的轮回,只要我们给它上紧发条,表针就会一圈又一圈地走下去。但乔治不会这么想,他只会看到一块不走字的旧表——就像时光已到了尽头。他不会想要它的,你懂了吗?"

吉妮站在那里注视着奶奶,觉得自己像是被父亲和奶奶分别往两边拉拽。"我不懂。"她说。

奶奶也注视着她,然后拉住椅子站直了身体。"好了,"她说,"来吧,高潮的时间到了。"

于是,又是一次无果的搜索,又到了晚餐的时候,感觉却变得非常不同。雨继续下着,填补了奶奶和吉妮之间沉默的空隙。无论她们怎样努力,都无法使谈话继续下去。就寝变成了一种救赎,吉妮强迫自己不去想金表、铁皮喇叭或是那个漂亮的欧文太太的刻薄言语。她几乎立刻就睡着了。

当吉妮再次被奶奶叫醒时,发现卧室窗户已经染上了熹微的曙光,外面几乎没有一丝风。她走到窗前,看见大海已经变了样,披上了一层薄雾。雨在弥漫的雾气中淅淅沥沥地下着,将一切笼罩在沉静和昏暗中。奶奶已经在楼下拿着那件油布雨衣等着她了,吉妮顺从地穿上雨衣。两个人的动作都很轻,仿佛生怕惊醒、打扰了什么。"我们不需要提灯了,"奶奶小声说,"天差不多亮了。吉妮娃,我有一种感觉,这回也许……走吧,我们出发吧。"

海滩混沌一片,在暗淡的银色晨光中显得十分诡异,仿佛已非人境。温暖的雨丝轻柔得几乎像是雾,在海面上泛起小小的涟漪。潮水平静地涌动着,不再往上涨了,只是轻轻地漫过沙滩,带着一层薄薄的泡沫,一直涌到了断崖下。远处的地平线在雾中消失了,潮水闪烁着与晨曦、薄雾和细雨同样暗淡的银色,仿佛凭空涌来,天地之间只汇聚于此处。吉妮把双手深深地插在雨衣口袋里,走上那一线暗沉沉的沙滩,觉得自己仿佛还在睡梦中,那梦境始终挥之不去。

雾在她面前避开,又在她身后合拢。本来早已熟悉的路标在雾中变得异样而陌生。那块大圆石在雨中幽幽泛光;那棵憔悴的矮松残枝挂着缀满水珠的蜘蛛网;一座腐朽的码头,远端隐入了雾茫茫的海中;另一座标志着搜索界限的断崖也变得朦朦胧胧,上面的野草被沉甸甸的雨珠压得低下了头。她在这里停下,眨着眼睛,雨帽帽檐下的脸颊都湿了。万籁俱静,仿佛在预示着即将发生什么。她转过身,开始往回走。

她再次来到矮松残枝所在的区域搜索,发现在迷雾尽头的海面上,隐约漂着一个黑乎乎的东西,无声地一沉一浮,随着波浪的涌动渐渐靠近她所在的岸边。可能是浮木吧,她心想。可那东西并不像浮木,轮廓过于整齐光滑了。她站在那里,拼命睁大眼睛想看得更清楚些。起风了,雨也变大了些,在沙滩上打出细密的小坑点。一个大浪涌来,那东西沉下去又浮上来。吉妮发现它的表面好像带着颜色。"这不是浮木,"她说出声来,"是别的东西。"

那东西现在漂了过来,在波浪间时隐时现,越来越近。吉妮突然不愿再等,下海朝它走去。水越来越深,最后她站到了齐腰深的地方。海水卷起她的油布雨衣,裹在她身上,把她往外拖拽,但她的眼睛仍紧盯着那个东西。终于,它漂到了她够得着的地方。她一把抓住,跟跟跄跄地回到岸边站定,捧住它仔细查看。

它是木头做的,因为长年累月浸在海水里而变得沉甸甸的。尽管它表面已经泡软肿胀，上面只剩下油漆的残迹，吉妮还是立刻看出来它究竟是什么。这是一座雕像的头部，嘴巴以下的部分已经崩裂不见，但浓眉下那双低垂的眼睛却显得十分安详；鼻子窄而长，嘴角向上弯，露出一丝笑意；额上的头发丝缕分明，还残留着暗红色的油漆痕迹。

吉妮盯着这个头像，使劲地咽了一下唾沫。接着她开始向沙滩跑去，一路上被油布雨衣绊得跌跌撞撞。她把雕像抱在胸前，在潮湿坚硬的沙滩狂奔。"奶奶！"她喊道，"奶奶！我找到一件东西！"迷雾不断在她眼前散开，她终于看见奶奶站在小断崖上撑着大雨伞的模糊身影了。"奶奶！"她再一次喊。

"快！"奶奶的声音传了过来，"快！噢，上帝啊，终于等到了！没错，是的，孩子，快拿过来！"

吉妮气喘吁吁地跑到断崖底下，吃力地往上爬。奶奶扔下拐杖，雨伞也抛到一边，冲过来一把抓住木雕像。她捧着那雕像，只看了一眼，就跌坐到那张旧长凳上，摇摇欲坠。"吉妮娃，"她喊道，"你知道这是什么吗？你看清了吗？这是我的头像，原来在那艘船上的！谢天谢地，他到底给了我一件信物！"她的声音变得嘶哑了，带着哭腔。她气喘吁吁，一字一顿地说：

"这是船首像,吉妮娃,来自我的爱人,来自'孤挺花号',是从海底送上来的!"

起风了,风在她们的耳边低吟:"这是——真的。"

8

小吉妮娃刚来的那几天是那样的阳光明媚。而这些天,天气一直混沌而阴沉。屋外,天空低垂,阴云翻滚,细雨绵绵,把大海和沙滩笼罩在一片朦胧中。而在屋内,奶奶发烧了。她先是兴奋地说个不停,然后陷入沉默,睡上一小会儿,醒过来又开始念叨。吉妮不知道该怎么办,不祥的预感让她的胃痉挛起来。"孤挺花号"的那个头像放在客厅里,奶奶椅子旁边的桌上。雕像脸上平静的微笑更像吉妮熟知的奶奶,而不是现在这个满屋子徘徊、坐卧不宁,怎么也安定不下来的激动的女人。

吉妮接过了做饭的活儿。她不知道怎么烹饪奶奶储存的食物，胡乱做了点儿饭菜，不是出锅太早就是出锅太晚，不是没煮熟就是煮得太老。她用托盘把饭菜送到客厅，但奶奶几乎不碰。她总是说："吉妮娃，我有没有给你讲过这个故事……"然后把一个小时前讲过的故事又讲一遍，讲她过去跟船长在一起的日子——现在她管他叫"船长"而不是"你爷爷"了。除此之外，她什么也不说，要不就是一遍又一遍抚摸那个木雕头像。常常是故事讲到一半，她的声音就低下来，脑袋垂到胸前，睡着了。

从奶奶眼睛的光泽和脸上的红晕来看，她显然是病了。但吉妮不知道上哪儿去找大夫，又怕自己出门后，奶奶一个人孤零零的没人照应。她更担心的是奶奶是不是疯了。她老是想起斯普林菲尔德的那幢有铁栅栏、黑窗户的疯人院。她害怕地想："要是大夫来了以后认为奶奶疯了，肯定会把爸爸叫来，然后把奶奶送去疯人院的。"所以她一筹莫展，只能听天由命。

不过到了第三天的傍晚，她从厨房里踮着脚向客厅张望，发现奶奶终于完全睡熟了，呼吸深长而均匀，脸上的红晕也褪去了，双手软软地搁在膝上。至少，她的烧算是退了。吉妮如释重负，她抚平奶奶膝上搭着的被子,把边角塞严实,瘫坐在窗边的脚凳上。外面,雨还在下,海浪漫过了被浸透的沙滩。吉妮突然意识到,自从发现雕像的那天起,她就没离开过这屋子一步,既没去守候潮汐,也没去搜索沙滩。当然,现在再也不必去搜索了。

这些天来头一次,她终于可以好好看看旁边桌上的那个木雕头像了。她伸出手,抚摸着雕像被水泡软的脸颊,因为表面被旁边的灯火烤干了,它摸上去有些毛茸茸的;精雕细琢过的头发上还留有一些红漆的残迹,边缘也被灯火烤得泛起毛边;从躯体上断裂开的地方颜色要浅一些,更粗糙一些,好像刚断开不久,还没有被不断冲刷的海水浸透。

是的,这个雕像是真的,它一定曾是"孤挺花号"的一部分。她发现它或许只是出于一种莫名的巧合,但是,它现在确实在这里。睡梦中的奶奶不时微微颤动,嘴角露出微笑。吉妮看得出来,奶奶的脸仍然非常像很久以前雕成的这个年轻女人的脸,坚强、端庄,那是一张很好看的脸。她突然想起了那个漂亮但差劲儿的欧文太太说过的话:"吉妮娃,她活脱儿像你,简直是一个模子刻出来的。"

一个模子刻出来的?真是这样吗?那么,自己也有一张很好看的脸？她并不丑？会有某个人，某个素未谋面的人，像爷爷爱奶奶那样爱上自己吗？爷爷是不是还爱着奶奶，在……他现在待着的某个地方？她意外地发现，自己的脸红了。"真够傻的！"她大声说，然后站起来，在房间里转来转去，拍松一个个枕头，局促不安地瞎忙活。但她的心里仿佛刚刚有一束光照进来，胃部紧张的痉挛也消失了。

早晨，奶奶醒了。在椅子上坐了漫长的三个夜晚后，她脸色苍白，但却精神焕发。"我们在客厅里干吗？"奶奶询问睡在沙发上、正向她道早安的吉妮，"天哪，我浑身硬得像块木头。"

"你病啦，奶奶，"吉妮说，"我都担心死了——现在觉得怎么样？"

"是吗，"奶奶疑惑地说，她拍了拍自己，"瞧瞧吧，看来我没事啦，只是饿得像头熊。好吧，现在我都想起来了。真是个愚蠢的老太太，在雨里站了那么久。不过，"她把视线转向雕像，"其实也不算太蠢。"

接下来，两个人都沉默了。吉妮走到奶奶身边，同她一起看那个雕像。它报以安详的微笑。"我知道会有这一天的，"奶奶说，"结果真的来了！"她轻轻地把一只手放在吉妮的手臂上,"吉妮娃,记住,没有什么是不可能的。"

尽管雨还在下个不停,但接下来的三天都很轻松愉快。吉妮高兴是因为奶奶安然无恙,事实上,奶奶的状态比过去更好了;而奶奶则是因为自己最大的愿望已经实现,她不必再紧张焦虑,不必再守候潮汐了。那些不了之情已然了却,她可以放宽心享受生活了。

她教吉妮玩德国式惠斯特牌;她们一起朗读书籍,做咸味太妃糖;她们打开一个箱子,找出那些十九世纪三四十年代流行的帽子和衣服,乐此不疲地玩扮装游戏。奶奶找到了一顶高檐帽,上面装饰有羽毛、缎带和白色褶皱花边。她把帽子扣在头上出来照镜子。"嗯,当年它还流行的时候看上去可不错。"她对着镜子大笑,"或许我该说'在我年轻的时候'。等等,我想到了,跟我来。"她步履蹒跚地走到客厅,拿起木雕像,把帽子小心翼翼地放在雕像精雕细琢的头发上,雕像仿佛在宽厚地微笑。"当年我大概就是这个样儿吧。"奶奶拿下帽子,轻轻地把雕像放回原处,"不行。我这是怎么啦?简直是亵渎。不过这顶帽子是你爷爷给我的,要是他看到雕像上戴了这顶帽子,不知会笑成什么样子呢！他可真爱笑,什么事都能把他逗乐。"

吉妮想起了父亲那张不苟言笑的脸。"奶奶,"她慢慢地说,"要是爸爸看到这个雕像,会不会觉得开心些?会不会让他重新爱上大海,不再害怕它了?"

奶奶回头看着她,若有所思地说:"等他下个周末来接你的时候,我们就给他看这个雕像,还要给他那块表,看他怎么说。"

又到了星期五,雨还在下,被淹没的海滩景色萧索。这天下午,吉妮觉得越来越焦躁不安,于是穿上油布雨衣壮起胆出了门。她已经完全忘了潮汐涨落的时间,但她觉得大海已经退到了最远处,正闷闷不乐地拍打着坚硬的沙脊。在湿漉漉的海草线下面,她看到了像一串小叉子似的爪印,在沙地上犹如刻出来一般清晰。顺着这串爪印,她看到了一只海鸥,在一段距离外百无聊赖地涉水独行。它的羽毛看上去又脏又湿,十分凌乱,就像破旧的衬衫一般。但听到她走近的动静,它立刻变了个样,变得强壮而自信,展开一双洁白的翅膀,在海面上振翅而起。不知为何,海鸥的飞离使她觉得自己不属于这里,感到一种莫名的惆怅。她低下头,沿着空荡荡的海滩高处往回走,在平整的沙滩留下了她的足迹。在这海鸥徜徉之处，这些足迹显得格格不入，仿佛她擅入了禁地。

因为是沿着沙滩的较高处回家，吉妮注意到，在她前方，沙滩与草地交界的地方有一串脚印，看上去像是有人穿着厚靴子走过。脚印的边缘已经被雨水泡模糊了，不像海鸥的爪印那么清晰，看起来这个人走过去已经有一段时间了。但看到这些脚印却让吉妮觉得有些不对劲。突然，她不再觉得自己是一个入侵者了，而是有人侵入了她——还有她奶奶——专属的沙滩。她急急忙忙往家里跑，对奶奶说："有人来过我们的沙滩。"

奶奶放下手里的针线活，蹙紧眉头说："是西沃德。"

9

晚饭时,奶奶若有所思地说:"我在想,西沃德是不是知道我们找到雕像了。"

"奶奶,他怎么会知道?"吉妮很吃惊,"再说了,我怎么也看不出他会关心这个。而且,"她很快接着说,"如果他是你的朋友,看到你开心他会高兴的。"

"他算不上是什么朋友……"奶奶说。

"噢。"吉妮说,一种隐约的恐惧感笼罩了她。她怯怯地问:"他是个坏人吗?"

奶奶望着吉妮,仿佛想看穿她的心事。"吉妮娃,"她说,"这不是好或者坏的问题。问题是他……"

"他是个什么样的人啊？"吉妮皱着眉问，很担心奶奶会说出她害怕的答案。

"先吃完晚饭，"奶奶说，"然后我们去客厅说。我想我还是原原本本给你讲清楚更好。"

客厅里的灯点亮了，壁炉里新添的木柴烧得噼啪作响。一切都很舒适安逸，但吉妮坐在奶奶对面的沙发上，感觉有些紧张。她绞着双手，看着奶奶把拐杖搁在地板上："我觉着像在家里讲鬼故事似的。"

"嗯，"奶奶扬起眉毛说，"我们现在要讲的正是那种故事。"

"可我不相信有鬼，"吉妮说，"你信吗？"

"不知道，"奶奶说，"我年轻时也不信，可现在……吉妮娃，你不是看到那个信物了吗？"

"是的，"吉妮说，"可是……"

"我知道，"奶奶说，"你相信那是个巧合。嗯，也许你是对的，也许不对。不过，'孤挺花号'上的头像在三十年后回到了我这里，现在就放在这张桌子上，你可以看得一清二楚。而且还有些不寻常的事情你没有注意到——这个头像上没有藤壶①，也没有一点儿腐朽

---

① 一种极易附着在水中物体上生长的甲壳纲动物，形如贝壳。

的痕迹。吉妮娃,我接下去说的时候你要记住这点。"

她把脚在厚垫子上搁得更舒服些,身体仰靠在椅背上:"你还记得,我跟你说过尼古拉斯·艾文的事吗?他在'孤挺花号'沉没后不久就投海了。"

"记得,"吉妮说,"因为上次来这里的那个女人。"

"伊莎贝尔·库珀,"奶奶说,"就是她。她一开始假装喜欢他,可后来却当面嘲笑他,嘲笑他的工作,嘲笑他对她的爱。他刚失踪的时候,大家都以为他去了哪个海岛或者是岸边其他什么地方,但没有。两天后,他的小船被冲上了岸,人不在里面。有人认为船是自己漂走的,尼古拉斯躲在了什么地方舔伤口,不过他再也没回来。最后,朋友们去他的工作间寻找他留下的信息或线索,发现他的工具扔得到处都是,还有一个只完成了一半的、为另一艘船雕刻的船首像。他的衣服、食物,所有东西都在,包括那座正在雕刻的大理石像,但看上去他曾试图砸毁它,上面到处是凿子弄出来的伤痕,满地石屑。"她叹了口气,"他是个……性情中人。换了别人,失恋以后可能会挺起胸膛,继续生活下去。但尼古拉斯不会,他完全被伊莎贝尔迷昏了头。"

"那样啊,"吉妮说,"我想她那时非常漂亮。"

"是的,很漂亮。"奶奶接着往下说,"但尼古拉斯应该明白那并不是一切。'漂亮'并不意味着'美好',这你知道,吉妮娃。真实的生活不是童话,'漂亮'仅仅意味着上天碰巧给你安排了一副好皮囊,并不能说明你的内心。但就像我说的,尼古拉斯是个性情中人,是个艺术家,他不切实际,美对于他来说至关重要。不过我们大家都很喜欢他,他常来这里。他比你爸爸大差不多十岁,但就像我们的另一个儿子。你爷爷出海的时候,他会来念书给我和乔治听,或者和我们一起打惠斯特牌。他是个好小伙子,而且非常非常有天赋。"她又叹了口气,回想起往事,摇了摇头,"朋友们在他的工作间找到了一张字条,上面写着:'我不能再这样下去了。去海里找我。'"

"多叫人伤心啊!"吉妮说,她被这个浪漫故事深深地打动了。

"这太荒唐了,"奶奶严厉地反驳道,"这是对生命的可怕挥霍,毫无意义。"

"不过我还是为他感到难过。"吉妮神情恍惚地说,无论如何,她喜欢这个故事。

"不过,这不是一个幸福的故事,"奶奶说,严峻的语调缓和了下来,"他失踪——或者说是投海——大概一两个月之后的一天,那晚的月亮特别亮,我在海滩散步。乔治已经去了斯普林菲尔德,和你的姑婆简一起生活。我一边挂念他,一边在海滩上寻找'孤挺花号'可能会留下的东西,想要弄清船沉的原因。猛然间,我发现有个男人朝我走来,不知怎么的,他的衣服和走路的样子看上去很眼熟。我不由得喊:'尼古拉斯!'那的确是尼古拉斯,不过他完全变了。"

"变成什么样了?"吉妮问,她对奶奶可能的回答感到害怕。

"变化最大的是他的眼睛,再也没有原来那种炽烈的光彩了,"奶奶说,"那双眼睛变得安静了。他还留了胡子。他想假装没看到我,从我身边走过去,但我又叫了他一声,他这才停了下来,像个陌生人似的说:'我不是尼古拉斯,夫人。我叫西沃德。'"

"西沃德!"吉妮惊叫起来。

"是的,"奶奶说,"一时间我以为自己弄错了,但他举起手摸胡子的时候,我看到了他大拇指上的伤疤,那是很久以前用凿子干活时失手留下的。对,他就是尼古拉斯,没错——我这么和他说,于是我们一块儿散步,他告诉我……"

"什么?"吉妮催问。

"吉妮娃，信不信由你，我是相信的。现在我就告诉你是为什么。他说在伊莎贝尔嘲笑他的那天晚上，他划着小船出海，到了很远很远的地方，然后收起船桨，站起来跳进了大海。他决心要溺死自己，所以沉下去时张着嘴，想让水进到肺里。但他很快就呛水了，又浮回海面上。在那一瞬间，他忘记了伊莎贝尔，只想着无论如何都要活下去。他四下张望寻找小船，但船已经没了。"

"没了？"吉妮问，屏住了呼吸，"你是说不见了？"

"他是这么告诉我的。"奶奶说，"他开始试图游泳，可发现不知怎么的，根本没用，反而又一次沉了下去，怎么蹬腿划水都不行。他说海水就像在跟他说话，拉着他不断往下沉。这时，他心里只有一个愿望：不想淹死。他努力跟海水对话，而且发现居然真的可以。他就这么跟海水一路争辩着沉到了海底。是的，一路到了海底，他是这么告诉我的，吉妮娃，他说当他到了海底，看见了'孤挺花号'。"

"噢，奶奶！"吉妮说，一时忘记自己本已决定接受这一切了。

"是的，"奶奶说，"那的确是'孤挺花号'。它正在海底航行，船上的灯都亮着，水手们在甲板上干活。

不过他说因为离得太远,分辨不出他们是谁。"

"可如果他离得那么远,怎么就知道那是'孤挺花号'呢?"吉妮问。

"因为他认出了那个船首像。"奶奶说,"他告诉我,雕像的脸上、眼睛里在放光。尽管水下视线模糊,他还是认了出来。在这段时间里,海水一直在跟他说话,他也一直在争辩,说自己不想留在海底。最后,他们似乎是达成了什么契约,他再次有意识的时候,发现自己躺在了黑夜的海滩上,身上完全是干的,就好像压根儿没掉进水里。他说,他知道自己不再是尼古拉斯·艾文,而是另一个人——或者另一个存在了,他的名字是西沃德,意思是'大海卫士'。他意识到自己用承诺换回了重生,自己必须在海滩巡行,把一切冲上海岸的有价值的东西还给大海——他用的是'有价值的'这个词。如果他不能履行契约,就会被送回海底,永远留在那儿。"

"那才算真的淹死。"吉妮说。

"是的,"奶奶说,"那才算真的淹死。接着他告诉我,他很清楚地知道,就像是有人跟他说了一样——事实上,他相信的确有人这么告诉他——你爷爷无论如何要把一件信物送到我手里,他的愿望非常强烈——所以，必须密切注意西沃德，如果真的有信物送来，那必须是件可以允许我留下来的东西。"

吉妮皱起眉头，试图想象海底的情景。"这么说他真的在海底看见了那艘船。"她说。

"是的，"奶奶说，"它在海底巡航、守望。他告诉我，海底到处都是宝藏，还有好多沉船。巨大的船壳残骸千疮百孔、被腐蚀、朽坏，被遗弃在海底。但'孤挺花号'以及其他有船首像的船，全都保存完好，齐齐整整地在海底巡航，守卫着宝藏。"

吉妮忽然觉得无法接受这个故事了，在斯普林菲尔德养成的理性思考方式占了上风。她说："我不信。"

"你不信？"

"对。这太离谱了。那个男人——叫西沃德什么的——准是在做梦说胡话呢。"

"是吗？"奶奶冷静地说，"我的故事还没讲完呢。那天我们站在月亮下的海滩上正聊着，从上面的草坡过来了两个你爷爷的朋友，一个冲我招招手说：'吉妮娃，跟我们回去吧，我们一直在找你。你知道船长肯定不愿意你半夜三更一个人在外面瞎逛。'我转过身对他们说：'可我不是一个人啊。'他们好心地劝我：'跟我们回去吧，你可一定要理智啊。'我再转回身，发现西沃德已经顺着海滩走远了。我说：'不，我想在这儿跟尼古拉斯说说话。'接着我就喊他回来。上面的人却说：'吉妮娃，拜托了，这里根本没别人。'"

"你是说他们看不见他？"吉妮问。

"对。"奶奶说，"他们看不见他。不过我当时也看不见他，他已经走得太远了。所以我想，嗯，也许他们只是没注意到他，就指了指他留下的那行脚印，脚印在月光下清清楚楚。我说：'瞧，看到脚印啦？我不是一个人，那是尼古拉斯，我们刚才一起散步呢。'然后，他们中的一个搂住我说：'吉妮娃，你太累了，把自己都折腾病啦。这里根本没什么脚印啊。'"

"什么？奶奶！"吉妮的眼睛瞪得老大。

"别急，"奶奶说，"西沃德——或者是尼古拉斯——已经在这海滩上走了三十年，可除了我，没有一个人看见过他或是他的脚印。不管是那天夜里还是以后的任何时候，都没有。"

她们坐在那里对视着，谁都没出声。最后吉妮终于说："可是奶奶，我看见他了，也看见他的脚印了。"

"是的，孩子，"奶奶说，"你看见了。"

10

　　吉妮躺在床上，睁大眼睛凝视着黑暗。她一直在想西沃德的事，可又实在不愿去细想。如果雨停了，如果明天出太阳，也许一切就会合情合理得多。现在，她看得比以往任何时候都清楚，这个地方，这所房子，正处在另一个世界的边缘。在这里，她所知的事物与未知的事物不再泾渭分明，而是融成了一片混沌。而带来这些变化的就是另一个世界，那混沌的边缘正是大海显露出的冰山一角。

　　尽管如此，大海在阳光下看起来似乎是简单明了的。有意思的是，清晰明亮的阳光会让那些幢幢的鬼影变得可笑,在光天化日之下,它们很快就会烟消云散——对,没错,在阳光普照下。

但第二天早晨没有阳光。雨虽然停了,可天空还是阴云密布,一团团涌出的云雾翻滚飞驰,不断变换着形状。早饭后,奶奶翻开历书,大声念道:

八月之末

九月在即

秋分将近

海上有暴风雨

切记,谨记

"暴风雨!"吉妮沮丧地说,"就是说又要下雨啦?"

"到了这个季节了嘛,吉妮娃,"奶奶说,"秋分时候的天气总是很糟。这让你紧张了?"

"有点儿。"吉妮说。

"我知道,"奶奶说,"好像骨头都长毛了。可不知怎么的,我还是喜欢这种天气。"

"比出太阳还好吗?"

"对,一点儿不错。我总觉得,这样更加有趣。来吧,我们来烤个蛋糕,这会让你振作起来。"

吉妮磕开鸡蛋,一共十二个,那是某只无名母鸡整整十二天的辛苦奉献。她把滑溜溜的蛋清打成黏稠的白色泡沫,她过去也常干打鸡蛋的活儿,可这回她看到的却是另一种加工方法。她筛好面粉,量好糖,看奶奶把这些材料一起搅拌成像浓稠奶油一般光滑洁白的面糊,神奇的变化又一次开始了。正是这些平凡琐碎的日常家务让她渐渐明白,在某个不确定的时候,她的世界会撤开最后一道藩篱,让另一个世界融入进来——就像那不知从何而来的云雾,渗入了她所呼吸的空气。这交融改变了生活的韵味,带来了前所未有的丰富色彩,就像炉子里香气四溢的、让房间充满了甜蜜期待的蛋糕,就像客厅桌子上的木雕头像。

烤蛋糕的时候,她在饭厅里转来转去,看那张"孤挺花号"的画。画上的"孤挺花号"鼓着满满的风帆,船首插入波涛之间,前倾的船首像昂头面向苍茫的远方,无所畏惧地劈波斩浪。她试图想象这艘船在海底航行的样子,但无论如何也办不到,倒是很容易想到这样的景象:在一片死寂的大海深处,在幽暗的绿光下,一群群小鱼围着船头无声地倏忽往来;海底的岩石和沙地上散落着盖子歪斜、腐朽锈蚀的箱子,无价的宝藏在里面微微闪亮。她甚至还能想见甲板上水手们的模糊身影,他们正在前前后后轻快地忙碌——其中肯定有她从未见过的爷爷。这些全是幻想出来的,但是栩栩如生,而且十分美妙。想象这些事情有何不可?

有何不可?这种问题根本没有答案,除非你说"是啊,有何不可呢"。于是,终于一切都变得理所当然了。午饭时她问奶奶:"西沃德会要你把头像还回去吗?"

"不知道,"奶奶说,"这个问题我不知问过自己多少次了,但如果他不知道我拿到了……吉妮娃,也许我该把它藏起来一阵子,以防万一。"奶奶说干就干,她把头像藏到了饭厅矮柜的抽屉深处,再上了锁,将钥匙扔进客厅壁炉架上的瓷茶壶里。"行了,"奶奶说,"就算他来了这里——这根本不可能——他也找不到。我想咱们现在应该安全啦。再来块蛋糕。哎,天哪,看那儿!太阳出来了!"

的确如此,猛烈的黄色阳光让屋里蓦然满室生辉,就像是窗帘一下子给扯开了。午饭后,吉妮透过客厅的窗户,看见了焕然一新、蓝得闪闪发亮的天空。开始涨潮了,但大海依然显得阴沉愠怒,随着微风的起伏,焦急地扑打着已被淹没了半截的沙滩。她伸长脖子往海滩两端扫视,立刻看到了他——西沃德——迈着沉重缓慢的步子,从远处向她们所在的方向走来。

她的第一个念头是:他居然在太阳没落山的时候就出来了!接着她大声喊:"奶奶!快来看!他又到沙滩上来了。"

奶奶正在厨房里泡一锅豆子。她蹒跚地走到窗前,这时西沃德已经走得很近了,正抬起头朝这所房子看。

"说魔鬼,魔鬼就到。"奶奶说。

吉妮第一次明白了这句俗语真正的意思,不由微微打了个冷战。"你觉得他是到我们家来的吗?"她悄声问,唯恐他隔着玻璃窗听见。

"过去他从没来过,"奶奶说,"他准是路过这里,没事。"

但他不是路过。他来到断崖那里,转身爬上旁边的沙地,然后停下脚步,用力拉了拉他的胡子。

"往后退,"奶奶命令,"他会看见我们的。他要进来了。"她离开了窗口,吉妮也跟着转身,看见奶奶笔直地站在她的椅子旁边,头昂得高高的。"我们什么也不说,吉妮娃,"她说,"不管他问什么,都别说。好了,他在敲门。去让他进来,孩子。"

如果说西沃德是个鬼魂,那他也是个有形体的鬼魂。他个子很矮，比吉妮高不了几英寸[①]，但很壮实，穿着吉妮那晚见过的外套。他的头发和胡子蓬乱不堪，湿漉漉的，直往下滴水，粗糙的脸上到处是皱纹和褶子，好像他在这海滩上已经度过了无数沧桑岁月。进屋前，他小心地蹭了蹭满是沙土的靴子，然后有些笨拙地走进了客厅，双手插在兜里。他四下打量着房间，发现了那个海鸥石膏模型，眼睛骤然一亮，但立刻又恢复了原来的沉静。"很抱歉这样来打扰您，里德太太。"他说。吉妮不禁又一次想，他低沉的语音多么像大海的风声啊。

"没关系。"奶奶生硬地说。

"有件东西在这里。"他说。

奶奶的手指攥紧了拐杖。"我不明白你在说什么。"她说。

"那东西是'有价值的'，"他没理会奶奶，径自往下说，他的声音淡淡的，没有一丁点儿感情，"你必须立刻交出来。"

"我不明白你在说什么，"奶奶回答，"这里没那种东西。"

[①] 1英寸约合2.54厘米。

片刻的沉默之后,他的目光转到了吉妮的身上。"她必须立刻交出来,小姐。"他说。

吉妮话都说不出来了,只能紧紧攥住围裙的下摆,站在那里瞪着他。

最后他说:"我会再来的。"说完,他转身走到门口,站住等着给他开门。吉妮过去打开门,他迈过门槛来到外面,海风扯乱了他的头发。吉妮注意到,他的头发大部分都白了。"再见,里德太太。"他头也不回地说。

"再见,西沃德。"奶奶的声音仍然那样生硬。

吉妮关上门,到窗前去看着他离开。奶奶说:"他别想拿到它。"她忽然失去了几天来的那种轻松冷静,"我已经等得太久啦,决不会放弃。"

"他是怎么知道的?"吉妮问,胃部又开始有些痉挛了,"他还会干什么?"

"不知道,"奶奶说,"但他别想拿到。如果他再来,吉妮娃,别让他进屋。"

11

吃完晚饭,天色还早,奶奶说:"我想去外头看看,咱们到长凳那儿去坐一会儿。"

"可西沃德要是回来怎么办?"吉妮紧张地说,"要是他现在也在那里呢?"

"管他在不在,"奶奶用轻蔑的口气说,"我可不会因为他就把自己关在房间里。我有一个星期没出门了,需要去透透气。拿上雨衣,吉妮娃,凳子肯定还是湿的,我们得用它垫着坐。"

两个人在屋外的长凳上坐了很久,都没有说话。

奶奶的拐杖靠在膝盖上,腰板挺得笔直,来回扫视着海滩,但那里一个人也没有。海浪平静地涌动着,长长的柔波在同一瞬间漫上海滩,几乎将海滩全部淹没了。没有一丝风。

"奶奶,"吉妮终于开口说,"这会儿的天看上去真有意思。"她一直在观察着天色,一开始觉得那预示着明天会是个好天气,可现在又不敢肯定了。南面的远天,羽毛般的云朵正不断地从地平线上的某一点扬起、飘散,西沉的落日把它们染上了一层灿烂的橘红色。"奶奶,"吉妮说,"瞧,那些云彩聚成了一个大大的'V'。"

奶奶眯起眼睛抬头望天。静了一会,她说:"是的,我以前也见过这样的天色。海上要起风暴了,也许还是飓风。每年到这个季节就会这样。"

"飓风!"吉妮惊叫了一声,立刻慌乱起来。他们在斯普林菲尔德时不时会听到飓风的消息,甚至会被这种最可怕的狂风暴雨波及。在暴风雨结束之前,她的父亲总是脸色苍白,沉默寡言。她记得自己很小的时候,跟父亲一起站在窗前望着打在玻璃上的雨水,他说:"在这样的暴风雨天气出海实在是太可怕了。"这话其实不是对她说的。她那时还不明白"出海"是什么意思,以为只不过是简单的旅行,所以无法理解父亲为什么那样恐惧。现在她完全懂了,她自己也感受到了那种恐惧。"孤挺花号"是在飓风中沉没的,当时他就站在这里,在她现在坐着的地方,眼睁睁看着那幕惨剧发生,却无能为力。"飓风!"她重复着这个单词,"会刮到这里吗?"

"也许吧,"奶奶说,"但我想不会。飓风很少到这里。如果有飓风,我们可能是在它的边缘,如此而已。"

"可现在太闷了,"吉妮不安地说,"一点儿风也没有。"

"还不到时候,"奶奶说,"但没准一会儿会起风的。你可千万别吓唬自己,吉妮娃。天气,会来也会走。"

这个回答让吉妮很吃惊。她使劲盯着奶奶,然后说:"可是奶奶,你怎么知道大海会在什么时候发生什么事呢?"

"大海会发生什么事,吉妮娃?"奶奶说,她的声音变得嘶哑了,"起浪?沉船?冲走一个镇子?是的,这些它都能干。它会夺走你的生命,你的爱,你所有珍视的一切。那么,你该怎么做?像你爸爸一样逃到斯普林菲尔德去吗?藏到衣柜里不看不听不想?那样并不会让暴风雨过去,它还在这儿,想干什么就干什么。所以你要留在这里,守住留在这里的东西。你得等它过去,跟它搏斗并生存下来。这个海湾有过许多次暴风雨,来了又去,可我始终在这里,活得好好的。我不怕它,从来就没怕过。"她坐在那里,喘了一会儿粗气,接着平静下来,说:"你也一定不要害怕。"

吉妮沉默了,奶奶对她父亲的讥讽仿佛烧灼着她。身边的奶奶就像一块岩石,不可征服,决不放弃。她的抗争令人敬佩,但也有些无情。自己能否像一块岩石那样呢?望着外面的大海,吉妮怀疑自己能否做到。大海充满了各种变化的可能,它是这么大,这么深邃,可她却如此渺小。

"来吧,"奶奶把她拉起来,说道,"我们进屋去吧。"

在上床睡觉前的那段时间里,两人坐在客厅,各自的膝盖上都摊着一本书。渐渐地,风又刮起来了,开始只是轻风和阵风交替,接着越来越大,风在房子的各个角落盘旋低鸣。奶奶抬起头听了一会,把书放到一边:"吉妮娃,我们把雨衣忘在长凳上了,我能听得见它拍打的声音。孩子,去把它拿回来,别让它给吹走了。"

"好的,奶奶。"吉妮说。她出了门,在房子前面站了一会儿。天色在急速地变暗,刚才还在远处安卧的大海现在隆起了一道道齐斩斩的长浪,速度快得令她这样不了解大海的人也感到吃惊。她飞跑到长凳那里取回雨衣,刚转过身,就气喘吁吁地顿住了。西沃德正站在她和房子之间的草坡上。

"晚上好,小姐。"他说。

"晚……晚上好。"吉妮结结巴巴地回答。

"我说过我还会来的,"他提醒吉妮,"并不是有意要吓你。"

吉妮盯着他,不知道该说些什么。奶奶说过绝不能让他进屋,可如果他非进不可呢?

"替我告诉她,"他好像能看透她的心事,"她必须立刻把东西送还。"

"可是,她不会还的。"吉妮脱口而出,一时忘记自己什么也不该告诉他的,"她这么说的。"

"她必须还,"西沃德说,"那是'有价值的'东西。海底的船没那双眼睛就看不见路。跟她讲清楚,她必须马上还,否则就太晚了。"

吉妮简直喘不过气来。"噢,求你啦,"她恳求道,"你是什么意思?会出什么事?"

"如果她不还,"西沃德的声音依然毫无感情,"大海就会来拿走它。"他转身离开。"告诉她。"他扭头说道，然后消失在了黑暗中。

进屋以后，奶奶绷着脸说："没门，不管会发生什么事！他以为我等了半辈子就是为了现在放弃吗？别害怕，吉妮娃。去睡吧。"她端端正正地坐在椅子上，紧紧抓住膝上的拐杖，仿佛那是一件武器，"我今晚就留在这儿，等着他。"

12

飓风真的来了。整个晚上,飓风缓缓北移。飓风中心远离海岸,但它呼啸的风雨之臂却扫到了附近的好几个海滩。大海掀起了长达几英里的巨浪,用吉妮在那天傍晚见识过的方式,一波波扑向陆地。

飓风是在一个星期前开始的,正是"孤挺花号"的信物来到的那天。它在喜怒无常的加勒比海深处形成,接着向西北方向旋转着前进,一路上风速不断增大,变得愈来愈狂躁。当飓风抵达墨西哥湾中部海岸水域时,它的强度达到顶峰。飓风范围很小,方圆不超过四十英里,但它的力量却是致命的:飓风中心附近的风速高达每小时九十英里。黎明时它停止移动,原地盘旋了一小时,然后就像接到了什么命令一般,锁定了目标,骤然转向,向西面的海岸扑去,卷起无比猛烈的惊涛骇浪。

整个夜里吉妮都没睡好,时梦时醒,留心着风浪越来越强的轰鸣。翻来覆去几个小时后,她被一阵像是尼亚加拉瀑布般的大雨惊得坐了起来。几乎同时,强风向这所房子袭来,无休无止,越刮越大,怒号的声音也越来越高。天很黑,她几乎什么也看不清,也猜不出是几点。她慌忙跳下床穿上衣服,抓紧楼梯扶手蹑手蹑脚地下楼。门厅里的钟是八点,已经早晨了!但天色就像刚刚入夜一样昏暗。

她向客厅张望,看见奶奶笔直地端坐在椅子上,精神抖擞,那支拐杖仍搁在膝盖上。"奶奶,"吉妮的声音发颤,"是它吗?飓风来了吗?"

"是的,"奶奶说,"它来了,刚刚开始。"

"噢,奶奶,我们怎么办?"吉妮哀号着说。

"我们等着!"奶奶厉声喝道,"只不过是一次风暴,一场雨而已,吉妮娃!我们就坐在这儿,等它过去。"

吉妮好容易才强迫自己来到窗口,眼前的景象令她胆战心惊。在黑沉沉的天空下,大海一片惨白,海浪横向卷过海湾,在海岬上撞出片片浪花。大块大块的浪沫在空中飞舞,犹如鬼魅狂奔。沙滩被高涨的海水完全淹没,暴雨在窗前横飞,几乎看不清大海和陆地原来的界限,天地连成了一片喧嚣的水世界。狂风的呼啸声越来越大,吉妮害怕地退了回来。"噢,奶奶!"她低低地喊了一声。

"我跟你说过,只不过是场暴风雨。"奶奶冷冰冰地说,"拿水壶煮点儿茶吧。"

吉妮到厨房拿起水壶。她颤抖得非常厉害,水壶在她手中格格直响。她靠在水泵的金属水槽上,使劲按动把手,一上一下,一上一下,但水就是出不来。无奈之下,她只好回到客厅。"没水了!"她喊道。

奶奶嘶哑地大笑起来,笑声很不自然。"没水了!"她重复了一遍吉妮娃的话,"但还有面包,还有牛奶。我们一定要保持体力。"

她们坐在客厅里吃面包喝牛奶,但吉妮根本咽不下去。她想捂上耳朵逃走,可这里无处可逃。那个原本在大海尽头之外,她已经全然接受的异世界,突然咄咄逼人地耸立在她眼前,而真实的世界被尽数抹去,踪影全无。客厅、房子、屋子里的一切,看起来似乎都被置换了，变得单薄而陌生，仿佛她一直以来依赖的常识变得扭曲，随时都可能崩塌。她想哭，但奶奶严峻的表情让她不敢哭出来。奶奶眯缝着眼睛端坐，慢慢地咀嚼着。狂风怒吼，雨水从窗户的缝隙，从烟囱，从紧闭的屋门下渗入，但她视若无睹。屋子在颤抖，吉妮在颤抖，整个世界都在颤抖，只有奶奶岿然不动。

屋外的风越刮越猛烈，已经震耳欲聋的风声居然还在变大，直到令人几乎无法忍受。吉妮蜷缩在沙发上，双手抱着头，但仍然没敢哭出来。过了一会儿，奶奶好像注意到了她，说："吉妮娃，坐起来。"她的声音犹如钢铁一般，"把盘子和杯子收拾好，快去。"

吉妮强迫自己站起来，按奶奶的吩咐开始收拾。"我不能哭，"她一遍又一遍地告诉自己，"不能让她看到我哭。"

等她回到客厅，奶奶说："把那个头像给我拿来。"

吉妮一言不发，从瓷茶壶里取出钥匙，打开饭厅矮柜的抽屉，取出那个木制的头像，送到奶奶手里。奶奶把拐杖搁到地板上，双手托住头像，在膝上放稳。"好啦，"她说，"好了，过来坐着等吧。"

吉妮再次缩回到沙发上，双手紧紧相扣，拼命忍住眼泪。包围屋子的暴风雨仍在肆虐，除了坐着等，什么也做不了。外面的风浪更大了,高涨的巨浪几乎冲到了断崖上。坐着等——等风暴停下来,毕竟世界上的风和水总有耗完的时候。吉妮企图用这种想法来驱走脑海中那些骇人的画面,但另外一个想法出现了:坐着等——等大海来把我们全卷走,那个木雕头像、我、奶奶和所有的东西,一样不留。

在风浪永无休止的狂啸中,门厅的钟开始敲响。风雨中的钟声微弱无力,当——当——当,一共打了十下。十点的钟声仿佛是个信号,暴风雨突然停了。雨停了,风收了,房间里充满了令人目眩的阳光,周围突然变得异常安静。吉妮想:"我们难道已经死了,这里是天堂?"她看看奶奶,奶奶仍然直挺挺地坐在那里。"奶奶!"她喊,"风暴过去了吗?怎么突然一下子停了?"

"过去了一半,"奶奶说,"我们现在在风暴眼中,这只会持续几分钟。"她的手没有离开膝上的那个头像,身子仍旧凝然不动。

吉妮从沙发上起来,壮着胆子再次来到窗前。刚才仿佛要漫过断崖的海水现在突然转变了方向,不再横扫过突出的海岬,而是像一口烧开的大锅,剧烈地翻滚着,向四面八方涌动,扬起一阵阵闪亮的水雾。头顶上的天空现在是亮蓝色的,只有几点孤云点缀其间。

但吉妮惊恐地发现,眼前有一排高耸厚重的乌云如墙壁一般从海面升起,黑压压地围了过来,状如峭壁,直刺苍穹,形成了一道无可遁逃的峡谷绝壁,绝壁的顶端齐齐地折回去,与天空相接。她看见这道绝壁横过狂怒的大海,向她们这里逼近。

奶奶没有起身看,仍然坐在那里,双手捧着头像说:"它马上又要开始了。"

吉妮像是被催眠般站在窗前,痴痴地望着那道乌云绝壁向她们逼来。房间里渐渐变暗了,头上那片明亮耀眼的天空被乌云遮蔽。风很快又来了,比之前任何时候都更加喧嚣。又一轮滂沱雨幕从海湾另一头的小镇扑来,外面的世界顿时一片苍茫,什么也看不见了。

风暴又一次笼罩了这所孤立无援的房子。她们头顶上传来一声巨响,一道水流从壁炉涌进了客厅,就像是伤口在流血。"老天,烟囱被吹跑了!"奶奶大叫起来,声音显得十分震惊。她的堡垒突然被撕开了一个缺口,这似乎撼动了她的决心。她坐在椅子上微微前倾,紧紧抓住那个头像,声音失去了原来那种钢铁般的坚定。

奶奶一直是吉妮勇气的来源,但现在奶奶的变化让她害怕。她从窗口退回来,失魂落魄地站在房间正中,双手紧紧捂住耳朵,想挡住暴风的咆哮。她大脑麻木,四肢瘫软,只靠僵直的肌肉强撑站立着,不知道该干什么。厨房那里又传来一声爆响,一块玻璃碎了,风立刻灌满了房间;一盏灯被吹翻了,窗帘像旗帜一般狂舞。门口传来像是瓶塞喷出似的声音,门闩断掉了,前门被猛地打开,挂在已经扭曲的铰链上不住地晃动,海水立刻涌进了门槛。

浮着泡沫的海水无声地流进客厅,形成了一个水洼,浸透了编织地毯,漫过了地板。它看上去并没有什么危害,仿佛只是罐子里溢出来的水,用拖把就能拖干,但奶奶却坐在椅子上往后缩了一下。她拿起膝上的头像,紧紧抱住,盯着这股泛过来的水流。一个低低的波浪滚过门槛,客厅里的水更深了,扩散得也更快了。水流到了奶奶的脚边,流到了吉妮的脚边,直到溢满了客厅,积了差不多有一英寸高。奶奶仍像被钉住一样,一动不动。屋外狂风的呼啸一阵高过一阵,挟带着一片片咸腥的浪沫,得意扬扬地在海滩上扫荡。地板上的水渐渐升高,在外面的水涌进来的同时居然也从敞开的门口向外流。

吉妮再也不能忍受了。"把头像还回去吧,奶奶!"

她尖叫道,"还回去!"但风声太大,她几乎听不见自己的声音。她再也忍不住了,开始啜泣起来。

奶奶撑住椅子站了起来。她的拐杖已经被水冲得够不着了,但她仍然靠自己的力量站稳了身体。"好吧!"她喊道,但并不是对吉妮。她昂起头,脸色铁青。"好吧!"她又喊了一声,"好吧!"她步伐坚定地走过房间,就好像脚没有受伤一样。

吉妮的哭泣声噎在了嗓子眼里。"奶奶!"她喘着气说,"你要干什么?"

但奶奶没听她的话,也没有回答。她仍在一直往前走,湿透的裙摆拖在身后,她走到门口,没有半点迟疑,径直跨入了门外的暴风雨之中。

吉妮踩着水追过去,在破损的门口大喊:"奶奶!小心!只要把它扔进海里,然后赶紧回来……"但她的喊声就此顿住了,因为奶奶显然是根本不打算回来了。她顶着狂风一步步往前,走向海水滔天的断崖,一点儿也没有要扔出头像的样子。她的发卡被风扯下,头发乱纷纷地飘散在脸庞两边。"奶奶!"吉妮尖叫着,"奶奶,不要,快回来!"

但奶奶已经听不见,因为风尖叫得更响了。海浪拉拽着她的膝盖,她双手张开,踉踉跄跄地走着,而那个头像终于脱手，掉进了水里。头像一落水，海水就在瞬间掀起波浪，把它吞没了。奶奶顿了一下，一个趔趄，跌跌撞撞地挣扎着，离断崖的边缘越来越近。吉妮几乎要晕过去了，她站在门槛上不知所措地高喊："奶奶！等等！"

这时，奇迹出现了，一只手从后面抓住了她的肩膀，一个洪亮的声音盖过了风声："吉妮，回去！"这是她父亲的声音。他浑身湿透，披头散发，像奶奶一样坚毅地昂起头。他把她拉到门厅里，然后又冲进风雨之中。就在奶奶快要掉进海里的千钧一发之际，他一把抓住了她。

13

　　茶，浓浓的，热热的，加了许多糖，它的温暖驱走了吉妮心头的寒冷，就像毯子驱走了她身上的寒意，使双脚不再颤抖一样。这是奶奶的房间，吉妮坐起身，一边小口啜着茶，一边看着父亲照料奶奶。父亲已经拆掉奶奶脚踝上湿透的绷带和夹板，脱去她滴水的裙子和衬裙，把她抱上了床。接着他下了楼，踩着积水来到厨房，耐心地用那个不听话的水泵弄出了水，甚至还设法在炉子里生起了火，烧了一壶开水，真够了不起的。现在，他正用匙子喂奶奶喝茶，仿佛她是一个小孩子，不过她的茶杯里有一股浓浓的白兰地味儿。

奶奶静静地躺着，百依百顺，一句话也没说。

飓风已经过去了。它正面袭击了这里，登陆后又一路蹂躏了附近的山丘和树林。"现在又有一场大雨，"父亲回答了吉妮关于天气的问题，"动静很大，到处是水，但基本上没什么大碍。你们已经度过了最艰难的时候。"

"可是爸爸，你怎么知道飓风会来？"吉妮问。

"我当时坐在店里，看着气压表一个劲地不断往下降，终于坐不住了，套上马车就赶来了。"他告诉她。

吉妮把双手放到茶杯上，感觉到升腾的蒸汽在掌心渐渐凝成水珠，心里还在想着自己的父亲——他刚刚冲进暴风雨，冲进了海水中。"爸爸，"她问道，"现在马车在哪儿？还有那匹马呢？"

"我不清楚，"他回答，"风实在太大，把树干都给刮断了，小树枝到处乱飞。那匹马吓坏了，怎么也不肯走，最后，它暴跳着挣脱了缰绳，跑得没影了。我就像个傻瓜一样独自坐在马车里，任大雨打在脸上。于是我跳下马车，徒步走完了剩下的路程。"即使在讲述这一切的时候，他似乎依然惊讶于自己能够做到。

"徒步走的！"吉妮叫了起来，"走了多远？"

"我真的不知道，"他答道，"有几英里吧。"

"那一定非常可怕!"吉妮睁圆了眼睛,说道,"奶奶出去的时候,我以为大风会把她刮跑呢!"

"我没有去想这些,"他说,"我当时只想快点到你们那里去。其实,我当时以为房子已经被淹没,你们可能……好了,现在没事了,那并没有发生,我及时赶到了。"

接下来他们都不说话了。他把奶奶的匙子和茶杯放到一边,将一缕红灰相间的头发从她的脸颊上拨开。奶奶轻轻呼出一口气,闭上眼睛。父亲轻声对吉妮说:"我们走吧,让她睡一会儿。"

在吉妮那间曾经属于父亲的卧室里,两人并坐在床沿,父亲握着吉妮的手。吉妮想着那个信物——那个木制的头像,心里揣摩着,要是爸爸知道了这件事,能不能理解。

"你受苦了。"他终于开口说。

"噢,不是的!"她说,"今天之前算不上!在暴风雨来之前,我过得……很好,大多数时间是这样。爸爸,你还记得一个叫伊莎贝尔·库珀的女人吗?"

"嗯,"他说,"我想我不记得,怎么了?"

"那么,你记得一个叫尼古拉斯的男人吗?"

"记得,"他说,"如果你说的是尼古拉斯·艾文,他为'孤挺花号'雕刻了船首像。那时候,他对我来说就像是一个大哥哥,还教我游泳呢!但那是很久以前的事了。吉妮,是奶奶跟你说起的吗?"

"是的,"吉妮说,"她说了好多过去的事。尼古拉斯·艾文爱上了伊莎贝尔·库珀,可她却并不爱他,所以他投海了。"

"啊,没错!"父亲说,"我想起来了,很可怕的不幸。人们为了爱真是什么都干得出来!"他停了下来,严肃的表情渐渐变成了微笑,"是啊,甚至还有人驾着马车冲进最恐怖的暴风雨呢!"

"而且还是去海边,尽管他讨厌大海。"吉妮机灵地补了一句。

"对,"他说,"还是去海边。"

过了一会儿,吉妮问:"你当时害怕吗,爸爸?"

父亲拿起她的手,活动着她的手指,仿佛在欣赏它们有多么灵巧。"你知道,"他说,"我甚至没停下来想过,只管……乘上马车就赶过来了。"

"你好勇敢,冲过去救了奶奶的命。"吉妮崇拜地说,"也许以后你再也不会害怕大海了。"

两人沉默了一会,然后他说:"也许是吧。"

吉妮跳下了床。"在这儿等着,爸爸。"她说,"我要给你看样东西。"她急匆匆走到次卧室,带着那个小巧的铁皮喇叭和木雕大炮回来,"瞧,爸爸,看我们在箱子里找到了什么!"

父亲拿起这两件玩具,惊愕地端详着:"老天呀,我记得它们,没想到她到现在还一直保存着!"他坐在床上,凝神沉思。然后他问:"吉妮,奶奶当时在那么大的风暴中出去干什么?"

吉妮神情严肃地看着他:"这很难说清楚,爸爸。等等,我还有一样东西给你看。"她再次急匆匆地出去,进了奶奶的房间。奶奶正在打盹儿,脸颊埋在枕头里。吉妮蹑手蹑脚地走到角落里的高脚橱前,从抽屉里拿出那块金表——奶奶跟她说过,为了安全,把表藏在了这里。她回到父亲的房间,小心地把金表放到父亲的手心。"这是给你的,"她说,"爷爷找人刻了表上的字和花纹,这是他为你二十一岁生日准备的礼物,可奶奶忘了。"她又很快补上一句,"她为此很抱歉。瞧瞧表盖的里面,爸爸,打开它。"

父亲小心地打开薄薄的表盖,凝视着上面的刻字。"噢!"他轻叹了一声,然后用更加沉稳的声音说,"吉妮,真是不可思议!我说,这简直就是一条留言,不是吗？过了这么多年之后！"

吉妮长长地吸了一口气："爸爸，你相信那些无法解释的事吗？"

他疑惑地看着她，然后缓缓地说："是的，我想是的，有的时候，特别是在这里。"

于是吉妮把一切告诉了父亲。

故事讲完后，吉妮把脑袋靠在父亲的肩膀上，叹息着说："可是，你知道，爸爸，她等了那么久，现在却什么也没有了。"

"不对！"父亲说，"她有我们，我们一直都爱着她，也许她终究会明白的。"他拿起那个小小的铁皮喇叭，吹了一下。它在一片寂静中轻轻地响了一声，他赶紧放下。但已经太晚了，隔壁的奶奶喊道："乔治？"

父女俩进了奶奶的房间，看见她已经在床上坐了起来。"哎，乔治。"她说，声音非常疲倦。

"哦，妈妈。"他回答。

"亲爱的孩子，"她对儿子说，"过来亲亲我吧。"

他们在楼上奶奶的房间里吃晚饭，这顿饭是吉妮和爸爸在乱糟糟的厨房里马马虎虎做出来的。不过奶奶没什么胃口,她靠着枕头坐在床上,被子下面的那只脚不停地在动。

"脚怎么样了?"吉妮问。

"没那些绷带夹板以后更轻了,"她说,"可伤是不是好了,我还真说不清。"

"好吧,"吉妮的父亲说,"无论如何,你最好还是去斯普林菲尔德,至少等到我们找人把楼下那一团糟清理干净之后再回来。"

"下面真的很糟糕吗?"她问。

"恐怕是的,"他说,"大风把厨房玻璃全刮碎了,东西被吹得乱糟糟的;前门差不多快掉下来了,烟囱也全没了。至于地板嘛,有些部分肯定会变形,得好几个星期才能干。"

"这可是所好房子,"奶奶说,"只是撑不了太久了。我也撑不了太久啦,乔治,我跟这所房子,我们都老啦。"

"不,你会好起来的,你跟房子都可以。"他说。

"不行啦,"奶奶说,"我们也许能用什么办法再修修补补,再凑合一下,可这撑不了多久。乔治,这么多年来你一直催我去斯普林菲尔德住,我想这回我该去了。"

"我们一直希望你去,"他说,"但得你真的愿意去才行。"

她耸耸肩膀。"我累啦,"她说,"我想我现在要睡了。"

"明天早上我头一件事就是去找匹马,找辆车,"他告诉自己的母亲,给她拉平被子,"我们一早就出发。"

"好吧。"她说,闭上眼睛。

吉妮走到床边,俯身亲了亲奶奶的脸颊。"晚安,奶奶。"她说。

"晚安……吉妮。"奶奶说。

14

早晨,吉妮在柔和的阳光中醒了。她下了床,走到对面的窗前。下面的海滩干净而平坦,大海在沙滩的远处愉快地微笑着,柔波荡漾。贴近岸边的地方,有只海鸥在蔚蓝的天空盘旋。吉妮提醒自己:"就在昨天,这里来了一场飓风!"但现在飓风的情景怎么也想不起来了,直到她想到奶奶。"我们今天一起回家。"她喃喃自语。尽管温暖的阳光是那样明媚,她心里仍然充满了悲伤。

父亲出现在门口时,她正在穿衣服。"好了,懒姑娘,"他说,"该起床啦。我已经从城里弄来了最好的马车。把你的东西收拾好，我们马上就走。"

"奶奶呢？"她问爸爸。

"她已经准备好了，"他说，"我们都吃完早饭了。在楼下给你留了面包、牛奶和橙子。赶快，我等不及要出发了，你妈妈一定担心死了。"

"我马上就好。"她说。

楼下的情景让人无法忘记昨天的风暴。客厅一片狼藉，发出一股难闻的潮湿味道；墙角还汪着水，到处都蒙着一层湿漉漉的沙子；微风从厨房的破窗里吹进来，拂动着软趴趴的窗帘，再从门扉处穿出去；门扉已经脱离，靠在门框上；门厅的那座钟已经停了。吉妮拿起橙子，一边剥皮，一边怏怏不乐地走过房间。这所房子的生气已经消失殆尽，似乎给完全击垮了。

她在饭厅站了一会，一边吮吸着橙子，一边看着那幅"孤挺花号"的画。现在它有点儿歪，但至少还挂在墙上，而且精气神还在。那艘船是如此美丽、轻快、坚强，船帆如同伸展的鸟翼；船首像完好无损，看上去镇定自若，双手抱着一大捧鲜艳盛开的红花。它有那么一种气质，一种不可撼动的决心，在这个早晨几乎要跃框而出，驶进房间了。吉妮可以感受到它的力量，她放下嘴边的橙子,恍惚地凝视了它很久。

"吉妮!"她爸爸喊道,"我们好啦,该走了!"

她不情愿地离开那幅画,转身穿过客厅走到门口。爸爸正搀着奶奶的胳膊,穿过海边那片窄窄的草坡,向那辆出租马车走去。奶奶的脸色很平静,没有什么表情。等待出发的马儿站在车前,身上的挽具叮当作响。吉妮迈过门槛,踌躇了一会儿。天气柔和而温暖,大海波光粼粼,闪动着细碎的白色浪花。一切是那样平静,但不知怎的,吉妮感觉好像有什么在催促着自己。"等一等。"她对父亲说。就像有一股强大的力量把她拉向大海一样,她跑过沙滩,来到了海边,向远处望去。

大海反射着明亮的阳光,令人目眩,刺得她眼前满是闪烁的红点,让她不由流出了泪水。她揉了揉眼睛,然后沿着海边摇曳的微波,朝一星期前她曾反复搜寻的那片空旷的海滩走去。她依然能够感到那急迫的催促,仿佛在拉拽着她。

到了那处矮松残枝所在的地方,她停住脚步,再次向远处眺望。不到十码[①]远的海面上,有一个小小的、

[①] 1码约合91.44厘米。

闪亮的东西在随波漂荡——不,那或许只是阳光的反射罢了。可就算她使劲眨眼,仍然可以看到水面上有一个橙红色的光点,正在向这里漂来。风大起来了,那个东西离她越来越近,渐渐显出了轮廓。终于,一道波浪把它推过浮着泡沫的水面,送到她的脚下。

那是一枝花——不是木雕出来的,而是真花。花朵是圆锥形的,有六片宽大卷曲的花瓣,六根长长的、娇嫩的白色花蕊从花托上弯出。这枝花很像那幅画里的花——很大的、来自海岛的红花。

这是孤挺花。

吉妮弯下腰捡起那朵花,把它捧在手里。她转过身大喊:"奶奶!噢,亲爱的奶奶!"她双手捧着花儿,沿着海滩穿过沙地向断崖跑去。"奶奶!"她再次喊。

在她奔跑的时候,奶奶从马车里站起来,下了马车,迈着有力的步伐过来迎接吉妮。两人走到一起,奶奶抓住那朵花,血色仿佛瞬间涌上她的脸颊。她站在那里,眼泪从脸颊上滚落。微风拂过,她再一次低吟:"这是真的——真的。"

在马车驶离时,奶奶用轻快的语气对儿子说:"咱们没准得铺新地板了,乔治,不过那不会太难。用原来那些砖也可以把烟囱重新砌好。"

"大部分活儿我自己就能干，"他说，"我们得在家里歇一两天，然后带大家回来，开始动工。我需要休个假，正好还可以活动一下筋骨——你知道我有多少年没游泳了？"

"我知道，"奶奶说，"你白得像个蛤蜊。"

他们说话的时候，吉妮正回望着那座渐渐远去的破旧房子。这时，她看到了海滩上站着的一个小小的黑色身影，他正看着他们。吉妮心血来潮，扬起手臂向他挥手。他一动不动地站着，然后转过身，沿着海滩离开了，脚步似乎比过去轻快了一些。他消失不见了，碧波万顷的大海绽放出笑颜，对她的挥手报之以无忧无虑的纷飞浪花。她从马车上探出身来，对着大海高喊："我们会回来的！"接着她坐回车上的座位，把手伸进围裙的兜里。兜里还留有一些沙子，她用指尖顺着兜里的缝线摸索着它们，一边悄声哼唱。

马车上了坡，驶入路旁的林荫。不久，路边出现了围栏，里面有些牛儿在悠闲地吃草。草地上有个男孩在干活，捡拾被那场风暴刮断的细树枝。马车驶过时，他直起腰，睁大眼睛爱慕地望着吉妮。她没理会，下巴抬得高高的，心里说："好傻啊。"但她又将拢住头发的缎带重新系过,小心地扎好了蝴蝶结。回斯普林菲尔德的一路上,她都在微笑。

图书在版编目(CIP)数据

沉船的眼睛 /（美）娜塔莉·巴比特著；吕明，吕维宁译 . -- 2 版 . -- 南昌：二十一世纪出版社集团，2023.2
（麦克米伦世纪大奖小说典藏本）
ISBN 978-7-5568-5729-6

Ⅰ . ①沉… Ⅱ . ①娜… ②阿… Ⅲ . ①儿童小说—中篇小说—美国—现代 Ⅳ . ① I712.84

中国版本图书馆 CIP 数据核字 (2022) 第 152824 号

THE EYES OF THE AMARYLLIS
First published by Farrar, Straus and Giroux, LLC.
THE EYES OF THE AMARYLLIS by Natalie Babbit
Copyright © 1977 by Natalie Babbit
All rights reserved.

版权合同登记号　14-2013-299

沉船的眼睛
CHENCHUAN DE YANJING
［美］娜塔莉·巴比特 著　吕 明 吕维宁 译

出 版 人	刘凯军	责任编辑	费 广
特约编辑	李佳星	美术编辑	费 广

出版发行　二十一世纪出版社集团（江西省南昌市子安路 75 号　330025）
网　　址　www.21cccc.com
经　　销　全国各地书店
印　　刷　河北鹏润印刷有限公司
版　　次　2014 年 7 月第 1 版 2023 年 2 月第 2 版
印　　次　2023 年 2 月第 1 次印刷
开　　本　880 mm×1230 mm 1/32
印　　张　3.75
字　　数　61 千字
书　　号　ISBN 978-7-5568-5729-6
定　　价　22.00 元

赣版权登字 -04-2022-759　版权所有，侵权必究

购买本社图书，如有问题请联系我们，扫描封底二维码进入官方服务号。服务电话：010-64462163（工作时间可拨打）。
服务邮箱：21sjcbs@21cccc.com。